KB266876

나는 나답게
죽기로 했습니다

나는 나답게
죽기로 했습니다

나이토 이즈미 지음 | 위지영 옮김

마음의숲

。

사원의 종은 멈추었지만

꽃에서 나는 소리 여전히 들린다

。

마쓰오 바쇼

어떻게 죽을지가 아니라

어떻게 살지를 생각합니다

야마나시현 고후시. 해마다 불볕더위로 뉴스에 오르내리는 이곳에서 저는 작은 병원을 운영합니다. 오전에는 일반 내과의사로서 소위 성인병이나 감기 환자를 진료하는데, 많은 환자가 병원을 찾아옵니다.

그리고 오후가 되면 저는 조금 특별한 의사가 됩니다. 환자들의 집으로 방문 진료를 나가기 때문입니다.

여러분은 '호스피스'라는 말을 알고 계시나요? 대개 말기 암 환자가 평온하게 삶을 마무리하도록 돕는 의료 활동을 의미합니다. 암 치료는 큰 고통을 동반합니다. 더 이상 치료의 희망이 남아 있지 않을 때, 고통을 줄이며 남은 시간을 자신과 소중한 사람을 위해 평온하게 보내는 것. 환자가 마지막 순간까지 인간으로서 존중받으며, 스스로 삶을 받아들이고 인생을 마무리할 수 있게 돕는 과정이 바로 호스피스입니다.

저는 호스피스의 본고장인 영국에서 이를 배웠습니다. 호스피스에는 여러 형태가 있지만, 저는 병원이나 시설이 아닌 '집'에서 마지막을 보내고 싶어 하는 환자를 돕는 '재택 호스피스 의사'로 일하고 있습니다.

환자들은 마지막 나날을 어떻게 보낼까요? 그건 정말 사람마다 다릅니다. 생명의 수만큼 이야기가 있고, 웃음이 있고, 눈물이 있습니다. 이 책에서는 그런 환자들의 에피소드를 중심으로 이야기를 풀어가려 합니다.

조금 다른 이야기를 해볼까요.

저는 대학 등에서 젊은 학생들을 대상으로 '생명'에 관해 강의합니다. 그 과제 중 하나로 "자신이 죽는 순간을 상상해 그림으로 그려보라"라는 문제를 내곤 합니다. 종이를 나눠주고, 어디에서 죽을지, 누구와 함께 있을지를 자유롭게 그려보게 합니다. 대부분은 현실적으로 상상하기 어렵다고 말하지만, 의외로 흥미로운 답변도 많습니다. 나라면 어떤 그림을 그릴지 떠올리며 읽어 보시기 바랍니다.

불과 오십 년 전까지만 해도 사람들은 자기가 살던 집에서 눈을 감았습니다. 가족 모두가 할아버지, 할머니의 곁에서 임종을 지켰습니다. 어제까지 웃으며 놀아주던 할아버지의 얼굴에 흰 천이 덮이고, 학교에서 돌아와 방문을 열면 늘 계시던 할머니가 더 이상 보이지 않는 일. 많은 이들이 어린 시절에 그런 경험을 했습니다.

하지만 앞서 말한 과제에서, 요즘 학생들의 답변 중 눈에 띄는 것은, "모르겠다" "상상이 안 된다"라는 말이었습니다. 침대 하나만 덩그러니 그려놓은 그림도 있었습니다. 이상한 일이 아닙니다. 현대 사회에서 '죽음'은 더 이상 일상 가까이에 존재하지 않기 때문입니다.

사회가 발전하면서 핵가족화가 진행되고 맞벌이 가정이 늘었습니다. 죽어가는 사람 곁을 계속 지키는 일은 점점 어려워졌습니다. 그렇게 사람이 죽는 장소는 병원으로 옮겨갔습니다. 무기질적인 병실에서 차가운 기계에 연결된 채로 삶을 마무리합니다. 가족이 곁을 지킨다 해도, 심전도 모니터가 평행선을 그리며 완전히 멈출 때까지는 손을 잡는 것조차 어려운 경우가 적지 않습니다.

제가 의사가 되었을 무렵만 해도, 중증 환자를 집에서 돌보는 일은 일본 어디에서도 하지 않았습니다. 치료의 가능성이 희박해도 항암치료를 계속하며 고통 속에서 죽음을 맞이하는 것이 당연하던 시대였습니다.

그럼에도 많은 사람들은 자신의 병을 알게 되었을 때 이렇게 말했습니다.

"집에 가고 싶다."

죽음이 가까워진다고 해서 사람의 의지가 사라지는 것은 아닙니다. 익숙한 공간, 이전과 같은 일상에서 자신의 삶을 마무리하고 싶어 하는 것입니다.

"아직 먼 미래의 일이니 모르겠다" "병원에서 죽어도 상관없다" 그렇게 생각하는 사람도 물론 있습니다. 그러나 앞으로는 병원에서 죽는 것이 점점 어려워질 것입니다. 지금 일본 정부는 상태가 안정된 입원 환자에게 퇴원을 권하고, 임종은 지역 사회에 맡기겠다는 방향으로 정책을 전환하고 있습니다. 위급한 상황을 제외하면 병원에서 죽을 수 없는 시대가 오고 있다고 받아들여야 합니다.

죽음을 앞두고 갈 곳을 잃는다면 어떨까요? '죽음'을 모르고, 생명의 감촉을 느껴본 적이 없는 사람은 무엇을 준비해야 할지 막막해지지 않을까요. 그리고 인생의 마지막을 상상해 본 적 없는 사람은 지금 어떻게 살아야 할지 역시 떠올리기 어려울지도 모릅니다.

만약 내가 곧 죽는다면, 누구에게 무엇을 전하고 싶나요? 어디에서 지내고 싶나요? 무엇을 하고 싶나요? 아직 끝내지 못한 일이 있나요? 누가 내 곁에서 임종을 지켜주길 바라나요? 소중한 사람에게 무엇을 해주고 싶나요? 화해하고 싶은 사람이 있나요? 가족, 친구, 연인에게 어떤 말을 남기고 싶나요?

혹은, 소중한 사람이 죽음을 앞두고 있다면 무엇을 해주고 싶나요? 어떤 말을 건네고 싶나요?

이런 질문들을 마음 한편에 늘 품고 살아가길 바랍니다. 그것이 바로 '생명을 자각하는 일'이라고 저는 생각합니다. 생명은 한가로이 이어지는 것이 아닙니다. 우리가 이 세상에 태어날 확률은 복권 1등에 백만 번 당첨될 확률보다도 낮다고 합니다. 또 사람은 반드시 죽습니다. 백 살까지 사는 사람도 있고, 마흔에 죽는 사람도, 열 살에 죽는 사람도, 태어나기도 전에 세상을 떠나는 사람도 있습니다. 그 시간을 스스로 선택할 수는 없지만, 주어진 생명을 끝까지 '나답게' 살아가는 일은 누구에게나 주어진 사명입니다.

이 책에 등장하는 환자들은 모두 이미 세상을 떠났습니다. 하지만 그들이 우리에게 남긴 메시지는 '어떻게 죽을 것인가'가 아닙니다. '어떻게 살 것인가'입니다.

'죽음'이 눈앞에 다가왔을 때, 우리는 어떤 선택을 하며 살아가야 할까요. 마지막 순간에 "이런 인생이어서 참 좋았다"라고 말하기 위해, 지금 우리는 무엇을 하면 좋을까요. 이 책을 통해, 여러분도 함께 생각해 보시길 바랍니다.

마지막까지 나답게 살다 간다는 것

고희영 (영화 감독)

후지산과 와인의 고장, 야마나시현 고후시에서 나이토 이즈미 선생님을 처음 만났다. 그때 나는 엄마의 마지막을 준비하고 있었다.

혼자서 딸 여섯을 키운 엄마의 처음이자 마지막 부탁은 '나 집에서 죽고 싶어'였다. 걱정하지 마시라고 엄마를 안심시켰지만, 점점 병세가 짙어지는 엄마를 보면서 두려움이 몰려 들기 시작했다.

파킨슨병을 앓았던 엄마의 몸은 점점 굳어졌고, 낙상사고로 고관절 수술 후 욕창까지 생긴 최악의 상황이었다. 딸 여섯이 순번을 짜서 교대로 엄마를 돌봤다. 내 순번이 되면 언제 불시에 죽음의 순간이 닥쳐올까 몰래 떨었다. 간병 7년째 접어드니 몸과 마음이 피폐해져 엄마에게 웃음은커녕, 버럭버럭 성질만 내는 나 자신을 발견했다. 이게 뭔가. 요양원에 엄마를 보낼 수도, 생업을 포기하고 엄마를 돌볼 수도 없었다.

알고 싶었다. 우리보다 15년 먼저 초고령사회에 진입한 일본은 도대체 이 문제를 어떻게 해결하고 있을까?

일본에서 재택 의료가 가장 먼저 시작된 야마나시현 고후시에 재택 호스피스 의사 나이토 이즈미 선생님이 계시다는 소식을 들었다. 4천여 명의 마지막을 배웅했고, 아직도 자전거로 왕진을 가신다는 얘기를 듣고 무조건 달려갔다. 자전거를 타고 논둑길을 달려 환자들의 집으로 방문하는 나이토 선생님의 뒤를 우리도 졸졸 따라다녔다.

그곳에선 죽음이 무섭지도, 무겁지도 않았다.

무엇보다 나이토 선생님은 환자의 마음을 가장 잘 읽는 의사였다. 마지막 순간까지 유머와 웃음 속에서 환자들의 마지막을 배웅했다. 숨을 거두기 직전의 환자들에게 '당신 참 잘 살아왔어요'라고 말을 건네고, 가족들에게 감사의 인사를 권하고, 사망진단서를 '인생 졸업증명서'라며 그 집의 가장 나이 어린 사람에게 전해주는 모습은 감동 그 자체였다. 환자와 그 가족들이 입을 모아 '나이토 선생님이 곁에 있으면 죽음이 두렵지 않다'라고 했던 이유를 알 것 같았다.

나이토 선생님을 통해 나는 가장 아름다운 이별을 여러 번 목격했다. 그러다 보니 2019년부터 촬영을 시작한 2부작 다큐멘터리 〈어쩌면 일어날지도 몰라 기적〉은 7년의 시간이 지나 2025년에 완성되었다.

애초에 '죽음'이라는 극적인 상황보다는 죽음을 삶처럼 자연스럽게 받아들이는 과정과 죽음을 거친 후 남은 사람들의 변화를 담고 싶었기 때문이다. 나이토 선생님을 통해서 잘 산다는 것은 마지막 순간까지 '나답게' 살다 가는 것임을 명확하게 깨달았다.

"죽음이 임박해 거동조차 힘든 환자들을 병원으로 이송하는 것은 환자들에게 너무 큰 고통입니다. 삶의 마지막 순간에 의학이 할 수 있는 것은 없습니다. 무엇보다 일상의 소리 속에서 임종을 맞을 때 두려움이 더 적습니다."

나이토 선생님의 말씀은 재택 임종이 왜 중요한지를 잘 말해준다. 집은 마지막 순간까지 '환자'가 아닌 '나'로 사는 상징적인 공간이기 때문이다. 부디 4천여 명의 죽음을 배웅한 나이토 선생님의 값진 경험들이 모인 이 책이 2026년, 올해 처음 시행되는 우리나라의 통합 돌봄 제도에 큰 이정표가 되었으면 좋겠다.

작년 가을, 마지막 촬영을 마치고 돌아올 때 방송에 출연했던 환자들과 약속했다. 내년 벚꽃이 필 때 다시 만나러 오겠다고. 그 약속을 지키기 위해 모두 힘내어 살고 계신다고 나이토 선생님이 소식을 전해왔다. 내년에도 또 내년에도 우리들의 벚꽃 약속이 오래 이어지기를 간절히 소망한다.

차례

제2장
사람은 살아온 대로 죽어간다

제5장
마지막까지 지금을 산다

나가는 글

일러두기

1) 이 책에서 소개하는 환자분과 가족의 성함은 일부를 제외하고 가명으로
   표기하였습니다. 또한 에피소드의 일부에는 허구도 포함되어 있습니다.
2) 원문에는 없으나 한국어판 독자들의 이해를 돕기 위해 필요한 주석을
   모두 옮긴이가 집필하였습니다.

제1장

사람이 죽기 전에 바라는 것

죽음의 문턱에서

술 향기에 취해 다시 돌아온

아이카와 씨

고향을 떠나 40년 가까이 도쿄에서 일한 아이카와 씨는, 은퇴하면 아내와 함께 고향으로 돌아가고 싶어 했습니다. 도시의 번잡함에서 벗어나, 퇴직금으로 작은 집을 지어 여유로운 삶을 살고 싶었던 것입니다. 아이카와 씨의 고향은 무가 맛있기로 유명했고, 그는 어린 시절부터 식탁에 오르는 무를 무척 좋아했다고 합니다. 밭을 일구어 직접 키워보고 싶다는 꿈을 오래전부터 그리고 있었습니다.

그러나 정년을 1년 앞둔 어느 날, 새집 공사를 막 시작한 무렵 암이 발견됐습니다. 그는 나가노현의 병원에 입원했습니다. 여러 치료를 시도했지만 암의 기세는 꺾이지 않았고, 남은 시간이 길지 않다는 선고를 받았습니다.

"낫는다는 희망이 없다면 병원에 있고 싶지 않습니다. 고향으로 돌아가 제 꿈을 이루고 싶어요."

그는 하루라도 좋으니 소원을 이루고 싶다고 마음먹었습니다. 그가 입원해 있던 병원에는 제가 존경하는 선배 의사가 계셨는데, 환자의 마음에 세심하게 다가가는 분으로 잘 알려져 있었습니다. 선배는 그의 뜻을 존중해 주고 싶어 했지만, 한 가지 현실적인 문제가 있었습니다. 그의 고향은 나가노현과 야마나시현의 경계에 접한 깊은 산속에 있었습니다. 근처에는 믿고 맡길 만한 병원이 없었습니다. 고민 끝에 선배는 이렇게 말했다고 합니다.

"야마나시에 계신 나이토 선생님과 상담해 보면 어떨까요?"

그 이야기를 듣고 저는 내심 '난처한데…'라고 생각했습니다. 우리 병원에서 그의 집까지는 고속도로로 가도 편도 한 시간이 걸립니다. 게다가 저는 운전보다 자전거가 편합니다. 오죽하면 가능한 직진만 해도 되는 길을 골라 달릴 정도입니다. 주사는 놓을 수 있어도, 주차는 못 합니다. 하물며 고속도로 운전이라니요. 저에게는 그야말로 목숨을 거는 일이나 다름없었습니다.

차마 거절하지 못하고 있던 차에 결국 그의 딸이 우리 병원을 찾아왔습니다. 지금은 병원이 큰길가에 있어 그나마 병원 티가 나지만 당시에는 작은 사무실이나 다름없는 진료소였습니다. 찾아오기도 쉽지 않고, 언뜻 보면 무면허 의사로 오해할 만한 소박한 곳이었습니다. 그런데도 딸은 주저 없이 말했습니다.

"아버지를 부탁드리고 싶습니다."

그녀는 결혼해서 도시에 살고 있었지만, 아버지를 간병하기 위해 고양이 한 마리와 개 한 마리를 데리고 고향으로 이사하기로 결심했다고 했습니다. 그 결심을 담담하게 말했습니다. 저는 그 각오에 마음이 끌려, 결국 이 일을 맡기로 했습니다.

그러나 여기에는 한 가지 문제가 있었습니다. 가정에서 환자를 돌보려면 언제 어떤 일이 생겨도 바로 달려갈 수 있는 의료인이 가까이에 있어야 합니다. 24시간 체제가 필수이기 때문입니다. 그러기엔 그의 집은 우리 병원에서 조금 먼 거리였습니다. 어떻게 해야 할지 고민하던 중, 아는 간호사가 그의 집에서 차로 5분 거리에 살고 있다는 사실을 뜻밖에 알게 되었습니다. 당시에는 아직 국가 차원의 재택 의료 제도도 없던 시절이었습니다.

"급여를 얼마나 드릴 수 있을지 모르겠지만 도와주실 수 있을까요?"라고 묻자, 그녀는 주저 없이 "돕겠습니다"라고 대답했습니다. 그렇게 하여 팀이 꾸려지고 재택 돌봄이 시작되었습니다.

그가 처음 병원을 찾았을 때, 한눈에 봐도 병이 상당히 진행된 상태라는 것을 알 수 있었습니다. 치료의 가능성은 희박했고 이제는 서서히 내리막길을 걷기 시작한 단계였습니다. 경험 있는 의료인이라면 쉽게 짐작할 수 있는 상황이었습니다. 남은 시간은 대략 3개월 정도였습니다.

"앞으로는 적극적인 치료를 하지 않고, 마지막까지 집에서 지내기 위한 완화 치료로 전환하려 합니다. 그래도 괜찮으신가요?"

그의 의지는 분명했습니다.

"꼭 그렇게 해 주셨으면 합니다. 저는 집에서 아내와 함께 지내고 싶습니다. 밭을 일구며 무를 키우자고 예전부터 계속 이야기해 왔거든요."

통원하기에는 체력에 부쳐서 방문 진료로 전환했습니다. 익숙하지 않은 길을 조심조심 달려 간신히 도착하면, 가야가다케 산*과 야쓰가다케 산**이 가까이 보이고, 멀리 후지산까지 바라보이는 근사한 곳에 새집이 지어져 있었습니다. 우리 병원이 있는 고후 분지에 비하면 여름도 훨씬 시원해, 마지막 시간을 편안하게 보내기에는 더없이 좋은 환경이었습니다.

마중 나온 그는, "선생님, 잘 오셨네요"라고 말하며 웃고 있었습니다. 순간, 저보다 더 건강해 보인다 싶을 만큼 표정이 밝았습니다. '정말 이런 생활을 꿈꿔 왔구나!' 하고 느꼈습니다.

밀짚모자를 쓰고 밭을 일구며 말했습니다.

*　　야마나시현에 있는 해발 1,704미터의 휴화산
**　　나가노현과 야마나시현에 걸친 남북 약 30킬로미터에 달하는 화산 연봉

"수십 년 동안 도시에서 일했습니다. 늘 고향으로 돌아와 이걸 하고 싶었어요. 선생님, 제가 무를 뽑는 날까지 살 수 있을까요?"

한순간 말문이 막혔지만, "그럼요. 그때 같이 먹어요"라고 대답할 수밖에 없었습니다. 솔직히 남은 시간을 생각하면 쉽지 않은 일이었습니다. 아마 자신도 알고 있으면서 질문을 던졌을 것입니다.

그럼에도 그는 조금씩 밭을 일구고 씨를 뿌렸습니다. 제 운전 실력도 방문할 때마다 조금씩 늘어갔습니다. 갈 때마다 계절의 변화를 느낄 수 있었습니다. 산의 푸른 잎이 위에서부터 서서히 물들며 단풍의 물결을 만들어 냈습니다. 처음에는 멀어서 힘들 것 같았지만, 어느새 그의 집을 찾아가는 시간이 기다려지기도 했습니다. 하지만 차를 세우고 산자락을 바라보고 있자면, 나무들처럼 그의 인생 역시 째깍째깍 앞으로 나아가고 있다는 사실이 떠올라 마음이 조금 가라앉곤 했습니다. 그럴 때면 맑은 공기를 가슴 깊이 들이마시며 마음을 다잡고 다시 차를 몰았습니다.

평온한 나날이 잠시 이어졌지만, 그 사이에도 병은 서

서히 진행되고 있었습니다. 어느 날, 그가 구토를 했습니다. 가까운 병원에 입원시켜야겠다고 판단했지만, 그는 완강히 거부했습니다.

"이대로 여기서 죽겠습니다!"

고집은 완강했으나, 구토하는 양은 많지 않았고 당장 생명이 위태로운 상태는 아니었습니다. 아직 시간이 남아 있다는 생각이 들었습니다.

"다시 집으로 돌아올 수 있을 겁니다. 한 번만 입원합시다. 저도 어르신이 키우신 무를 꼭 먹고 싶단 말입니다."

그렇게 간신히 설득해 자택에서 조금 떨어진 병원에 입원시켰습니다.

병문안을 갔을 때, 특실 침대에 누운 그의 몸에는 여러 개의 관이 연결돼 있었습니다. 표정에는 기운이 없어 보였고, 집에 있을 때와는 전혀 다른 사람처럼 느껴졌습니다. 지금이라도 당장 돌아가실 것처럼 위태로워 보이기도 했습니다.

"더 이상 치료할 수 없다면 집으로 돌아가고 싶습니다."

그러나 병원 측은 반대했습니다. 당시에는 중환자를 재택으로 돌보는 것은 있을 수 없는 일로 여겨지던 시절이었습니다. '무모한 고집'이라는 시선도 적지 않았습니다. 그럼에도 그는 뜻을 굽히지 않았습니다.

"어디에 있든 위험은 있습니다. 남은 제 시간은 소중합니다. 저도 위험을 알고 있고, 가족도, 재택 주치의도 알고 있습니다. 그걸로 충분하지 않습니까?"

결국 입원한 지 일주일 만에 퇴원했습니다. 집으로 돌아온 그는 자신이 가장 좋아하는 방에 고양이와 개와 함께 벌렁 드러누웠습니다. 밖으로는 사방을 둘러싼 산과 쑥쑥 자라난 무밭이 보였습니다. 그 모습에서는 비장함 같은 것은 전혀 느껴지지 않았습니다.

그 후로도 그는 무를 키웠습니다. 헌신적인 아내와 딸 곁에서 무척 행복해 보였습니다. 딸은 아버지를 지지하는 동시에 어머니를 살피는 든든한 존재였습니다. 가족 모두가 한마음으로 그를 지지하고 존중하려 했습니다. 그것이 무엇보다 중요했다고 생각합니다. 그는 처음 예상했던 것보다도 훨씬 긴 시간을 우리 곁에 머물러 주었습니다.

그리고 마침내, 무를 뽑는 날이 밝았습니다.

그는 마침내 자기 손으로 참으로 근사한 무를 뽑아냈습니다. 얼마나 뽑았는지 모릅니다.

"선생님도 드세요."

자랑스레 웃던 그 미소를 저는 지금도 잊을 수 없습니다. 그는 아내에게 부탁해 만든 무조림을 맛있게 드셨고, 제게도 나누어 주서서 정말 맛있게 먹었습니다. 그와 아내는 이런 느긋한 생활을 앞으로도 10년, 20년은 더 이어가고 싶어 했습니다. 바람이 다 이루어지지는 않았지만, 짧게나마 꿈은 분명히 실현되었습니다. 고향에서의 삶은, 그야말로 유유자적한 나날이었습니다. 많이 먹지는 못했지만 먹고 싶은 것을 먹고, 좋아하는 술도 조금 마시며 마음 가는 대로 지냈습니다.

집으로 돌아온 지 4개월이 지났을 무렵, 환자의 기력이 급격히 떨어지기 시작했습니다.

이른 아침에 간호사로부터, "결국 때가 왔네요"라는 연락을 받고 모두가 마음의 준비를 했습니다. 급히 달려가 보니 간성 혼수상태로, 의식 수준이 떨어져 말을 걸어도 반응이 없었습니다. 이제 언제 세상을 떠나도 이상하지 않은 상황이었습니다.

딸은 단호한 표정으로 물었습니다.

"뭘 하면 좋을까요?"

"당장 돌아가시지는 않겠지만 상황은 위태롭습니다. 이웃에 알리는 게 좋겠습니다."

그 시절 시골 장례는 이웃 모두가 도와 손수 치르는 일이었습니다. 누군가 세상을 떠나면 이웃들은 사흘 정도 일을 쉬었고 휴가 처리도 가능한 일이었습니다. 이웃분이 "선생님, 언제가 될까요?"라고 질문한 일도 있었습니다.

"알겠습니다. 스님께도 말씀드리겠습니다."

딸은 그렇게 말하고는 문득 떠오른 듯 덧붙였습니다.

"선생님, 한 가지 더 있네요. 아버지는 키가 크신데, 시골에는 아마 특대 사이즈의 관이 없을 테니 미리 주문해 두겠습니다."

눈가가 그렁그렁했지만 어딘가 밝은 표정이었습니다. 슬픈 시간 속에서도 잠시 웃을 수 있다는 것. 그것이 집에서 임종을 지켜보는 힘이 아닐까, 생각했습니다.

그로부터 닷새 동안 저는 언제 호출을 받아도 바로 달려갈 수 있도록 준비하고 지냈습니다. 바로 차에 오를 수 있게 잠을 잘 때도 위아래 운동복 차림이었습니다. 새벽녘, 귓가에서 휴대전화가 울렸습니다. '왔구나!' 하고 전화를 받으니 역시 간호사였습니다. 상대방의 말을 기다리지도 않고 말했습니다.

"위독하군요. 맥박은 어떠신가요? 바로 가겠습니다."

그러자 간호사는 뜻밖의 말을 꺼냈습니다.

"선생님, 그게 아닙니다. 선생님이 돌팔이라고 소문이 났어요."

"아침부터 무슨 소리예요!"

화가 나서 말하자 전화 너머로 믿을 수 없는 대답이 돌아왔습니다.

"눈을 뜨셨어요."

"누가요?"

"아이카와 씨가요."

"네!? 정말요?"

의학적인 상식으로는 도저히 믿기 힘든 일이었습니다.

이 세상으로 다시 돌아올 수 있으리라는 기대는 할 수 없
는 상태였기 때문입니다.

"선생님, 정말이에요. 지금 잘 익은 감을 꿀꺽꿀꺽 드시
고 계세요."

간호사도 믿기지 않는 듯 다소 흥분한 목소리였고, 웃
음을 참지 못하는 기색이었습니다.

서둘러 달려가 보니, 간호사의 부축을 받고는 있었지만
그는 분명 의식을 되찾은 상태였습니다. 무섭기도 하고
한편으로는 신기하기도 했습니다. 저는 엉겁결에 냉정을
잃고 의사답지 않은 어조로 다그치고 말았습니다.

"어떻게 돌아오신 거예요? 동공도 벌어지기 시작했잖
아요. 그러면 제 판단이 무의미해지잖아요. 정말… 아이
카와 씨."

가족들 역시 넋이 나간 듯한 표정이었습니다.

"어떻게 돌아오신 걸까요? 이미 스님께도 부탁드려 놓
았는데 말이죠."

딸이 난처한 얼굴로 말했습니다.

그러자 그는 "미안하게 됐는걸"이라며 복잡한 표정으

로 이야기를 들려주었습니다.

 "정신을 차리고 보니 사방에 냉이가 무성하더군. 큰 강이 흐르고 있고 배가 정박해 있었어."

 "아… 삼도천三途川*이군요. 나룻배랑 뱃사공도 있었겠죠."

 "선생님, 그건 옛날 얘기죠. 요즘은 삼도천도 페리로 건너요. 선생님은 강연에서 이제 대량 사망 시대가 온다고 하셨잖습니까. 그런데 나룻배로 대여섯 명씩 실어 나르다간 언제 다 건너겠어요? 다음에 강연하실 때는 노인분들께 이렇게 말씀하세요. '걱정하지 마세요, 삼도천은 모두 건널 수 있습니다. 커다란 페리가 기다리고 있습니다.'"

 특이한 임사 체험담은 아직 끝이 아니었습니다.

 "페리에는 사람이 많이 타고 있었어. 그런데 페리의 선장이 바로 얼마 전에 죽은 내 사촌이더군. 그 녀석 장례식은 나도 다녀왔으니 죽은 녀석이 왜 여기 있나 싶어서 '야!' 하고 손을 흔들었지. 그런데 전혀 못 알아채더라고. 나도 배에 타려고 계단에 발을 올렸는데, 물살이 너무 빨라서 도저히 탈 수가 없었어. 짜증이 나던 차에 어디선가

* 불교에서 말하는 이승과 저승의 경계에 있는 강

술 냄새가 훅 끼쳤지. '잘 됐군. 한잔하고 다시 오자'라고 생각한 순간, 누워 있던 방의 천장이 보이기 시작했어."

그때 딸이 고백했습니다.

"돌아가시기 직전에 드리는 '마지막 물'* 있잖아요. 기왕이면 아버지가 제일 좋아하시던 술로 해드리고 싶어서 '마지막 술'을 거즈에 적셔 입술만 적셔드리려고 했어요. 그런데 실수로 술이 입안으로 조금 들어가 버렸어요."

'앗, 큰일이다!' 싶었는데, 술이 목구멍으로 스르르 넘어가더니 꿀꺽 목을 타고 내려갔고 그 순간 눈을 뜨셨다고 합니다. 저는 죽을 뻔했던 환자의 어깨를 가볍게 두드리며, 웃음을 터뜨렸습니다.

"참나! 술 마시러 돌아오신 거네요!?"

그의 집에는 이미 '머지않았다'라는 말을 전해 들은 친구들이 모여 있었습니다. 가까운 벗의 죽음을 각오하고

---

*　불교에서 유래한 일본의 장례 의식으로 돌아가신 분의 입에 물을 머금게 하는 의식. 석가모니가 돌아가시기 전 물을 가져다 달라고 하셨다는 고사에서 유래했다.

상복을 챙겨 엄숙한 표정으로 먼 길을 온 사람도 있었습니다. 그런데 놀랍게도, 정작 당사자가 일어나 있었습니다. 오히려 "어이, 한잔하자"라며 먼저 다가옵니다. 겁먹은 친구들의 표정이 압권이었습니다. 그렇게 뜻밖의 잔치가 시작되었습니다.

다음날부터 기적 같은 시간이 이어졌습니다. 평소처럼 이야기도 나눌 수 있었고, 미음 정도이긴 했지만 식사도 가능했습니다. 효녀인 딸은 어떻게든 아버지에게 술을 드시게 하고 싶었던 모양입니다.

"선생님, 아버지는 술 마시러 돌아온 거잖아요? 우리를 만나고 싶어서 돌아온 게 아니고요."

"알았어요. 된죽을 드실 수 있을 정도가 되면 아주 조금만 입에 대셔도 돼요."

그렇게 말했지만 제 가방 속에는 이미 '이시커 바허(게일어로 '생명의 물'이라는 의미)'라는 위스키가 들어있었습니다. 모두 함께 '생환 축하' 건배를 하기 위해 동네를 다 뒤져서 간신히 구한 술이었습니다. 워낙 독해서 입만 대도 다들 얼굴을 찡그렸습니다. "맛있다!"라고 말한 사람은 아이카와 씨뿐이었습니다.

술을 건네는 의사의 충고 따위는 별 효과가 없었을지도 모릅니다. 그는 연일 잔치에서 술을 마시고 노래방 기계로 노래까지 불렀다고 합니다.

그렇게 믿기 힘든 시간이 열흘이나 흐른 어느 아침, 아내에게 말했습니다.

"강아지 산책을 못 시켜준 게 영 마음이 쓰이네. 데리고 나갔다 와."

"점심때가 다 됐는데, 괜찮겠어?"

"그럼 다녀와서 메밀국수 삶아줘."

"알았어. 기다리고 있어."

그것이 부부의 마지막 대화였습니다. 산책 나간 아내는 내내 마음이 놓이지 않았다고 합니다. 서둘러 돌아와 "여보?" 하고 불렀을 때, 그는 이미 편안한 얼굴로 숨을 거둔 뒤였습니다.

나의 죽음이 가까워졌음을 알았을 때 사람은 과연 무엇을 바라게 될까요?

환자들을 보다 보면, 제각기 소망이 얼마나 다른지 모릅니다. 다만 건강할 때 바라던 "해외여행을 가고 싶다" 같은 호사스러운 소망이나, "예전에 이루지 못한 꿈을 꼭 이루고 싶다" 같은 극적인 소망은 드뭅니다.

대부분의 환자는 단지 조금 더 평화로운 시간을 보내길 선택합니다. 죽음을 앞둔 비장함에 사로잡히지도 않고, 남은 생명을 쥐어짜듯 애쓰지도 않습니다. 마음의 여유를 잃지 않고 지내다가 그 과정에서 혹시 소원을 이룰 수 있다면 그저 '다행이다' 하고 받아들이는 느낌입니다.

그의 소원은 아내와 함께 고향으로 돌아가 지내는 것, 그리고 무를 키우는 것이었습니다. 만약 그가 무를 뽑기도 전에 세상을 떠났다면 어땠을까요. 소원을 이루지 못한 아쉬움으로, 이 세상에 미련을 남긴 채 마지막을 맞이했을까요.

그렇지 않다고 생각합니다. 그가 진정으로 원했던 것은 고향에 집을 짓는 일이나 무를 수확하는 행위 자체가 아니었을 것입니다. 도시로 나와 줄곧 바쁘게 일하다가 은퇴

후에는 사랑하는 아내와 함께 느긋하게 시간을 보내는 것. 그런 삶이야말로 간절히 바랐던 소망이었겠지요. 무는 함께 보낸 시간을 상징하는 것이 아니었을까 생각합니다.

어린 시절 어머니가 만들어 주시던 맛있는 단무지와, 아무 거리낌 없이 살던 시절처럼 이 시간을 인생의 보상으로 여기며 아내와 함께 다시 누리고 싶었던 것이 아닐까요. 비록 무를 뽑지 못했더라도 그는 분명 아내에게, “무는 참 맛있어. 많이 먹고, 불단*에도 올려 줘”라고 말하며 떠났을 겁니다.

허세를 부리지 않고 느긋하게, 무엇에도 마음이 빼앗기지 않고 살아가는 것. 사람은 죽음을 앞두었을 때, 그 정도만이라도 할 수 있다면 충분하다고 느끼는지도 모릅니다. 아주 사소하고 무엇 하나 특별한 것 없지만, 그럼에도 무엇과도 바꿀 수 없는 그만의 소망인 것입니다.

---

*   일본의 절과 가정에서 찾아볼 수 있는 일종의 작은 사당. 장롱 형태로 만들어져 있고, 그 안에 작은 불상이나 조상의 위패를 모신다.

가족의 빨래를 개며
고요한 안녕을 준비한
나오코 씨

"선생님, 환자 상태가 매우 위중한가 봅니다. '바로 갈 테니 진찰을 부탁드린다'라고 말하고는 전화가 끊어졌어요."

병원의 전화를 받은 간호사는 매우 절박한 목소리였다고 전했습니다. 그 말을 들은 직원들 사이에 긴장감이 번졌습니다.

잠시 후, 축 늘어진 여성을 업은 한 남성이 병원으로 들어왔습니다. 여성은 숨도 제대로 쉴 수 없어 곧바로 진찰대에 눕혔습니다. 그녀의 얼굴은 창백했으며 말할 기력조차 남아 있지 않아 보였습니다. 이대로 영원히 잠들 것처럼 미간에 깊은 주름을 잡은 채 가만히 눈을 감고 있었습니다. 이것이 나오코 씨와의 첫 만남이었습니다.

"부인은 현재 매우 위중한 상태입니다. 병이 어떻게 진행되었는지, 왜 이곳에 오시게 됐는지, 저희에게 무엇을 바라시는지, 또 본인은 무엇을 원하시는지를 간단히 말씀해 주세요."

남편은 초조한 말투였지만, 또박또박 설명했습니다.

"아내는 1년 전에 폐암 진단을 받고 한쪽 폐를 절제하는 수술을 받았습니다. 입원 중 반복되는 검사와 치료가 힘들어서, 이젠 병원에 가고 싶지 않다고 했습니다. 갈수록 호흡이 힘들어졌고 가슴 통증과 복통도 점점 심해졌습니다. 수술 이후 괴롭지 않은 날은 단 하루도 없었습니다. 최근에는 식사도 거의 하지 못했고, 며칠 동안 제대로 잠을 이루지도 못했습니다. 어젯밤에는 통증에 괴로운 나머지 '이제 살고 싶지 않다. 차라리 죽는 게 낫다'고 가족에게 호소했습니다. 그런데도 병원에는 가고 싶지 않다며 버팁니다. 어찌할 바를 몰라 하다가, 신문에 실린 선생님 기사가 떠올라 아내를 데리고 왔습니다. 어떻게든 도와주십시오."

그렇게 통증이 심한데도 지금껏 진통제 한 번 제대로 쓰지 않았다는 사실을 알게 되었습니다. 그러나 곧바로 처치하는 것도 망설여졌습니다. 심한 통증이 지속되던 사람에게 급작스러운 완화 처치는 위험할 수 있기 때문입니다. 통증이 갑자기 사라지면서 긴장이 풀려 쓰러지거나, 최악의 경우 그 자리에서 숨을 거둘 수도 있습니다. 무엇이든 해야겠다고 생각했지만, 의사의 소견서가 있는 것도 아니었고 의학적 정보도 전혀 알 수 없는 상태였습니다. 기도하는 심정으로 모르핀을 조금씩 조심스럽게 투여했고 다행히 통증이 서서히 가라앉았습니다.

우리 병원에는 입원 시설이 없었기에 일단 집으로 돌아가시는 것이 안전하다고 판단했습니다. 동행했던 간호사에게서 무사히 귀가했다는 연락을 받고서야 한숨을 돌릴 수 있었습니다. 다음 날 아침에도 간호사가 들러서 "오랜만에 푹 주무셨다고 무척 기뻐하셨어요"라고 전해주었을 때는 정말 안도했습니다.

나오코 씨에게는 남편과 아들, 딸이 있었습니다. 제가

방문 진료를 갈 때마다 가족 모두가 지칠 대로 지친 모습이었습니다. 그녀가 병원은 싫다며 집으로 돌아왔지만, 남편은 아내를 끝까지 집에서 돌볼 마음의 준비가 채 되지 않았습니다. 달리 의지할만한 곳도 없어서 일단 집으로 데려왔고, 그 사이 통증은 점점 더 심해졌던 것입니다.

그녀는 극심한 고통에 몸부림쳤고 그런 상황에서는 가족들도 잠을 이룰 수 없었습니다. 고통받는 어머니를 앞에 두고 아무것도 해줄 수 없다는 무력감까지 더해져, 가족 모두의 정신적 균형이 무너질 지경이었습니다. 그러나 환자 본인의 통증이 완화되자 가족들도 매우 편안해졌습니다. 환자와 가족은 일심동체입니다. 고통은 환자 혼자만의 몫이 아니며, 구원받는 것 또한 가족 모두가 함께 나누는 경험입니다.

며칠 후, 방문 간호사로부터 더욱 기쁜 소식이 전해졌습니다.

"선생님, 지금 뭐 하고 있는지 맞혀 보세요. 나오코 씨가 오랜만에 드시고 싶다고 하셔서 지금 가족들이 모두 함께 케이크를 드시고 있어요!"

"죽고 싶어!"라고 외치던 사람이 케이크를 먹고 있습니다. 게다가 스스로 원해서 말입니다. 저는 통화하면서 저도 모르게 기쁨의 포즈를 취하고 있었습니다.

그 후 나오코 씨네 집을 방문했을 때, 그녀는 차분한 표정으로 저를 맞아주었습니다. 통증이 사라지자 본래의 성격으로 돌아온 것입니다. 총명해 보이는 눈빛에 부드러운 말투의 우아한 어머니였습니다.

"하고 싶은 일이 있어요?"

잠시 생각하던 그녀가 말했습니다.

"가족의 빨래를 개고 싶어요."

남편과 아이들은 빨래를 돌리고 널고 걷는 일까지 맡았습니다. 그다음 개는 일은 그녀의 몫이 되었습니다. 양말, 셔츠, 수건, 속옷. 모두 너무나도 일상적인 물건들입니다. 그녀는 햇살 냄새가 밴 빨래를 한 장 한 장 정성스럽게 개었습니다. 가족과 함께 식탁에 둘러앉아 식사할 수 있을 만큼 몸이 회복되었습니다. 그렇게 그녀는 조금이나마 자신의 시간을 되찾을 수 있었습니다.

사실 그녀는 간호사였습니다. 자신의 병에 대해 어느

정도는 알고 있었던 모양입니다. 하지만 가족들은 그렇지 않았습니다. '혹시 이대로 기적처럼 낫지 않을까'라는 희망을 버리지 못하는 것은 가족이기에 당연한 마음일지도 모릅니다. 그 희망의 간극이 그녀를 괴롭혔던 것 같습니다. 늘 자신이 떠난 뒤의 일을 걱정했습니다. "내가 없으면 남편은 어떻게 될까" "아이들은 괜찮을까" 그런 말만 되뇌었습니다.

3주 정도가 흘렀습니다. 병이 진행되면서 이불 속에서 보내는 시간이 더 늘었습니다. 이제 머지않았다고 판단한 저는 가속들에게 조심스럽게 전했습니다.

"어머니의 생명이 얼마 남지 않았습니다. 후회가 남지 않도록 곁에 있어 주세요."

마침 여름방학이어서 두 자녀는 내내 어머니 곁을 지킬 수 있었습니다. 남편도 일을 하면서 가능한 한 함께 시간을 보냈습니다. 밤이 되면 아이들은 어머니의 양옆에서 손을 잡고 잠들었고, 남편은 발치에 자리를 잡았습니다. 그렇게 가족 모두가 한방에서 잠을 잤습니다.

가족들은 어머니의 마지막 시간을 함께 소중히 보내려 애썼지만, 정작 본인은 가족 걱정뿐이었습니다.

"밥은 잘 챙겨 먹었어?"

"여보, 일은 괜찮은 거야?"

아들은 좀 말썽꾸러기였는데, 머리를 노랗게 염색하고 있었습니다. 그녀는 그것마저 신경 쓰여서 이불 속에서 아들을 꾸짖습니다.

"머리는 검게 염색해. 내 장례식에 그 머리로 오면 안 된다."

며칠 뒤 치러진 장례식에서, 그는 머리를 새까맣게 염색한 채 엄숙한 얼굴로 어머니에게 마지막 인사를 하고 있었습니다.

"아직 죽고 싶지 않아."

"아직 떠나지 않았으면 좋겠어."

이 마음에서 벗어나지 못하면 서로가 지나치게 밀착된 채 도를 넘은 의존 관계로 빠지기도 합니다. 손을 놓지 못한 채 이별이 다가와 슬픔과 괴로움만 더 커져 버립니다. 생명을 자신보다 더 큰 존재에게 맡겨야 할 때가 왔음을 받아들이기 어려워집니다.

"내가 키운 아이니까 괜찮아. 내가 없어도 잘 살 거야."

"엄마한테 이미 충분히 많은 걸 받았어. 이제 괜찮아."

어느 순간부터는 그렇게 마음을 내려놓는 편이 나을지도 모릅니다. 상대를 덜 사랑해서가 아닙니다. "죽지 않았으면 좋겠다" "떠나고 싶지 않다"라는 자기만의 생각에서 한 걸음 물러나 서로를 믿어 보는 것입니다.

고대 그리스인들은 사랑의 형태를 세 가지로 나누었습니다. 그중 하나가 '신의 사랑'입니다. 아무런 조건이나 대가도 바라지 않고 진정으로 상대를 사랑하는 것. 그녀가 가족을 사랑하는 마음은 그야말로 신의 사랑에 가까웠습니다. 자신의 생명이 꺼져 가는데도 마지막 순간까지 자신보다 가족을 더 우선시했습니다.

가족들 역시 환자를 위해 무엇이라도 해주고 싶은 마음뿐입니다. 그래서 때로는 "우리는 걱정 말고 당신 몸부터 챙겨요”라며 애타는 마음을 전하기도 했을 테지요.

하지만 부족하면 부족한 대로 괜찮습니다. 할 수 있는 모든 노력을 다하고도 ‘더 해줄 게 없을까’ 고민하는 그 마음이야말로 가장 깊은 사랑일 테니까요. 병에 걸렸다고 해서 달라질 이유도 없고, 달라질 필요도 없습니다.

임종이 가까워지면, 먼 친척이나 오랫동안 만나지 못한 지인과 연락이 닿아 찾아오는 경우가 있습니다. 그러면 어떤 이들은 건강했을 때와 전혀 다른 모습의 환자를 혐오하듯 바라보기도 합니다. 마치 자신도 언젠가 이렇게 될지 모른다는 사실을 외면하고 싶은 듯 말입니다.

하지만 줄곧 곁을 지켜온 가족에게, 눈앞의 환자는 그저 변함없는 어머니일 뿐입니다. 야위고 초라해도, 목소리가 나오지 않아도, 사랑했고 사랑받아 온 어머니. 그래서 마지막까지 아내와 남편으로, 어머니와 딸로, 어머니와 아들로 작별할 수 있는 것입니다.

가장 나다운 취향으로
마지막을 꽉 채운
세타 씨

"마지막은 집에서 보내고 싶다"라고 결심하고 저를 찾아오는 환자는 대체로 여성입니다. 남성들은 가족에게 이끌려 조심스럽게 얼굴을 내미는 경우가 많습니다. 그런데 세타 씨는 드물게 스스로 결심한 남성 환자였습니다. 나이는 예순 정도였습니다.

암으로 큰 병원에서 치료를 받았지만, 점차 병세가 호전될 기미를 보이지 않던 무렵이었습니다. 아내와 함께 처음 저를 찾아왔을 때 그는 담담하게 말했습니다.

"이제 병원에는 가고 싶지 않습니다. 나을 가망이 없다면 치료할 필요 없어요. 마지막까지 집에 있고 싶어요. 선생님, 집에서만 할 수 있는 게 네 가지 있어요.

"그게 무엇인가요?"

"첫째는 친구들과 마작이요. 집에 마작판이 있거든요. 둘째는 경마요. 이건 도저히 못 끊어요. 셋째는 하루 종일 재즈 듣기요. 병원에서는 음악을 틀 수 없잖아요. 그리고 넷째는, 사실은 이게 제일 중요한데요."

그는 조금 쑥스러운 듯 미소 지으며 말을 이었습니다.

"가족과 함께 있는 거요. 통증은 선생님이 없애 주실 수 있죠? 꼭 부탁드려요. 이 네 가지가 모두 이루어지면, 그게 바로 극락입니다."

옆에서 듣고 있던 아내는 "정말 제멋대로라니까요"라며 눈물을 닦았습니다.

"좋습니다. 제가 맡겠습니다. 대신 조건이 하나 있어요."

"네? 중요한 일인가요?"

"아주 중요합니다. 제가 운전이 서툴러요. 세타 씨 댁으로 들어가는 골목이 좁잖아요. 거기 진입하기가 영 만만치 않거든요."

물론 농담이었지만, 저는 짐짓 난감한 표정을 지어 보

였습니다.

"알겠어요. 저를 부르세요. 운전해 드릴게요."

그렇게 말기 암 환자에게 운전을 맡기는 조건으로 돌봄이 시작되었습니다.

집으로 돌아간 세타 씨는 친구, 가족과 마작에 푹 빠져 지냈습니다. 밤을 새우는 날도 있었던 모양입니다. 인터넷으로 마권도 사고, 유선 방송으로 재즈도 마음껏 들으며 지냈습니다. 병에 걸리기 전에는 이런 나날을 보내고 있었을 겁니다. 주변에 늘 사람이 끊이지 않았고, 참 행복한 인생을 살아오신 모양입니다.

언제나 밝은 그였지만, 어느 날 방문했을 때 그는 의자에 앉아 멍하니 신문을 바라보고 있었습니다. 그 모습을 고양이가 가만히 지켜보고 있습니다. 어딘가 인상적인 광경이었습니다. 사람은 죽음을 앞두고 무언가를 깨닫는 경지에 접어들기도 합니다. 아내에게 슬며시 물었습니다.

"남편분이 혹시 세상을 비관하고 계신 건가요?"

하지만 그런 것이 아니었습니다.

"선생님, 저 사람이 보고 있는 건 경마 신문이에요."

"그렇군요."

그리고 아내가 살짝 귀띔했습니다.

"저요… 저 사람 언제 세상을 떠날지 알 것 같아요."

"네?"

"곧 큰 경마대회가 있잖아요. 저 사람, 분명 경마장에 가고 싶을 거예요. 그래서 그날 영혼이라도 경마장으로 달려가고 싶은 게 아닐까 싶어요."

그는 아직 젊었고 당장 임종을 준비할 만한 단계는 아니었습니다. 한동안은 집에서 일상을 마음껏 즐기며 경마 대회의 마권을 고르고 있었던 모양입니다. 하지만 병은 서서히 진행되었고, 몸이 점점 약해져 갔습니다.

"선생님, 소원을 들어줘서 고마워요. 나는 정말 행복한 사람이에요. 그런데 통증은 없지만 끝도 없는 늪으로 끌려 들어가는 것처럼 나른해요. 어떻게 안 될까요?"

암 말기에 겪게 되는 단계인데, 견디기 어려울 정도라면 약물 복용으로 잠들게 하는 진정법이 있습니다. 하지만 저는 그런 과정도 본인이 겪어야만 비로소 이별이 이루어질 수 있다고 생각해 거의 처치한 적이 없습니다.

"마약성 진통제 같은 약으로 잠들게 할 수는 있는데, 저는 거의 안 합니다."

"해주세요."

"마지막 나른함까지도 느껴보셨으면 해서요."

"그래도 해주세요."

그렇게까지 말씀하니 어쩔 수 없었습니다. 환자의 의사를 존중합니다.

"그럼 약하게 해보죠. 시험 삼아 해보는 거예요. 혹시라도 다시 못 깨어날 수도 있는데, 괜찮으세요?"

"괜찮아요. 이제 와서 미련은 없습니다."

약을 투여하자 그는 스르르 눈을 감았습니다.

아내는 혹시 이게 마지막이 아닐까 걱정스레 얼굴을 들여다보고 있었지만, 다행히 그는 한동안 잠들었다가 다시 눈을 떴습니다.

"어떠셨어요?"

"최악이었어요. 전혀 기분이 좋지 않던걸요. 바로 극락 갈 줄 알았는데……."

그 말투가 우스워서 우리는 웃고 말았습니다.

"그럼, 이 약은 안 쓰는 걸로 할까요?"

아내가 참다못한 듯 말했습니다.

"여보, 약 없이 조금 더 버텨 봐요."

아내는 강인한 사람이었습니다. 이미 부모님을 임종 때까지 간병한 경험이 있었고, 남편의 간병도 묵묵히 해내고 있었습니다. 남편의 근력이 약해져서 혼자 화장실에 갈 수 없게 되고부터는 두 사람이 '기차놀이'를 했습니다. 남편이 보조기 대신 아내의 어깨에 손을 얹고 기차처럼 걸어갑니다. 한 발 한 발, 천천히 천천히.

"당신이랑 좀 더 기차놀이 하고 싶어."

아내의 말을 들은 그는, 난처한 것 같기도 하고 슬픈 것 같기도 한 표정을 지었습니다. 서로 바라보던 두 사람의 눈에서 눈물이 흘렀습니다.

"그래… 그럼 어쩔 수 없지. 조금 더 버텨 볼까?"

경마대회 당일에, 그는 정말 세상을 떠났습니다. 돌이켜보면 경주가 시작된 바로 그 순간이었습니다. 아내는 나지막이 말했습니다.

"결국, 이 사람 영혼은 경마장으로 달려갔나 보네."

그리고 이 이야기에는 또 하나의 반전이 있습니다. 그가 고른 마권이 적중했다는 사실입니다.

세타 씨가 원했던 것은 마작, 경마, 재즈, 그리고 가족과 함께 있는 시간이었습니다. 결국 자신이 좋아하는 것들에 둘러싸여 지내고 싶었던 것이겠지요. 대개 남성들은 "마지막으로 이것만은 꼭 해야지" 같은 생각은 별로 하지 않는 듯합니다. 그저 마음속에 품어온, 진짜 하고 싶은 일을 묵묵히 이어갈 뿐입니다.

'가족과 함께 있고 싶다'라는 말에는 물론 홀로 남겨질 아내를 위해서 무언가 준비해 주고 싶다는 생각도 있었겠지만, 그보다도 사랑하는 아내와 함께 있고 싶은 마음이 컸던 것이 아닐까 생각합니다.

자신에게 남은 시간이 많지 않다는 걸 알았을 때 여전히 '하고 싶다'는 마음이 들 정도로 좋아하는 것을 찾기란 쉬운 일이 아닙니다. 하지만 그에게는 그런 소중한 것이 네 가지나 있었습니다. 매우 멋진 인생을 살아온 증거가 아닐까요. 좋아하는 일이 많다는 건 곧 행복과 직결된다고 생각합니다.

우리는 평소에도 "이거 하고 싶다, 저거 하고 싶다" 말하며 살아갑니다. 하지만 정작 "정말 좋아하는 게 뭐냐"라고 물으면 바로 답하지 못하는 사람도 많지 않을까요. 아직 없다면 지금부터 만들면 됩니다. 직업이나 대단한 사명이 아니어도 괜찮습니다. 좋아하는 일을 하는 시간은 그 자체로 소중하고, 그 시간이 있기에 다른 시간도 버려낼 수 있습니다.

좋아하는 일을 찾을 때도 비결이 있다고 생각합니다. '아이들이 좋아하는 것' '나이 들어서 하는 것' '여자(남자)가 하는 것'이라는 편견을 갖지 말고 일단 해보는 겁니다. 맞지 않으면 바로 다음으로 넘어가고, 재미있다면 인생에 보탬이 되는지 따지지 말고 그냥 즐기는 것입니다.

그리고 다른 사람이 좋아하는 것을 함부로 비하하지 않는 것도 중요합니다. 이른바 '덕후'라 불리는 사람들을 예전에는 색안경을 끼고 보기도 했던 것 같습니다. 하지만 그들을 싸늘하게 바라보는 사람들은 정말 좋아하는 것이 있을까요. 어떤 인생이 더 행복한지는 말할 필요도 없을 것입니다.

치료의 통증마저

삶의 증거로 여긴

홋타 씨

예전에 내시경 수술로 입원한 적이 있습니다. 큰 병은 아니었고 3박 4일이면 퇴원할 수 있는 간단한 수술이었습니다. 3인실에 입원했는데, 같은 병실 사람들을 긴장시키고 싶지 않아 의사라는 사실은 밝히지 않았습니다.

방이 좀 좁아서 옆 사람이 숨 쉬는 소리도 들릴 정도로 가까웠습니다. 저는 특정 종교를 믿는 건 아니지만, 옆 침대에 "안녕하세요" 하고 인사했을 때 '이건 신의 섭리다!'라고 느꼈습니다.

옆 침대의 홋타 씨는 40대의 아직 젊은 여성이었습니다. 창백한 얼굴에 상태가 매우 나빠 보였습니다. 누가 봐도 말기 환자였습니다. 의료용 트레이를 끌어안고 토하면서 고통스러워했습니다.

"계속 토하세요?"

"24시간 내내요."

"밤에도 못 주무세요?"

"한 달 가까이 제대로 못 잤어요."

"선생님께 상태를 말씀하시는 게 좋겠어요."

"아니요. 괜찮아요. 다른 치료를 하면 낫는다고 하셨거든요."

하지만 저는 낫지 않는다는 걸 알았습니다. 이 순간 제 수술은 뒷전이고 입원 중에 이 사람을 도와야겠다고 결심했습니다. 환자의 고통을 완화하기 위해 의료종사자가 최선을 다하지 않는 상황을 같은 의료인으로서 용납할 수 없었습니다.

진료 기록을 볼 수도 없어서 커튼 틈새로 상황을 살피고 있었는데, 초등학교 3학년쯤 되는 딸이 문병을 왔습니다. 하지만 그녀는 극심한 고통 탓에 평범한 대화조차 할 수 없었습니다.

“엄마, 요즘 부츠가 유행인데 사도 돼?”

“아파서 쓸데없는 얘기 못 들어 줘. 집에 가.”

“엄마, 내일 시험인데 가르쳐 줄래?”

“그럴 정신 없어. 가까이 오지 마. 만지지 마. 돌아가.”

강한 통증과 고통은 인격까지 바꿔버립니다. 그녀도 머릿속으로는 곁에 있어 주지 못해 딸을 외롭게 하고 있다는 걸 알고 있을 겁니다. “엄마, 엄마” 하고 애교를 부리는데 안아줄 수도 없습니다. 매우 소중한 시간일 텐데 너무 슬펐습니다.

주치의가 무슨 조치라도 해주길 기다렸지만, 조치는 커녕 회진조차 거의 오지 않았습니다. 한참 만에 나타나서 한다는 말이, “메스꺼운 증상을 없애려면 식도에 스텐트를 넣어 벌리는 수밖에 없다”는 것이었습니다. 스텐트란 몸의 관 모양의 부분을 안쪽에서 넓히는 의료 기구입니다. 식도가 막혀 메스꺼움이 생겼으니 그것을 넓히자는 것입니다.

스텐트도 중요하지만 메스꺼움은 약을 조절하면 충분히 가라앉힐 수 있는 증상입니다. 하지만 의사는 자존심이 강한 존재입니다. 환자인 제가 "약으로 어떻게 좀 해 봐"라고 말하면 분명히 화를 낼 것입니다.

자, 어떻게 할까요? 제 수술 상처도 아직 아픈 와중에 병원 안을 돌아다니다가, 완화의료 병동이 있다는 사실을 알게 되었습니다. 거기로 옮겨 전문의에게 증상을 개선해 달라고 할 수도 있습니다. 다만 그것은 환자 스스로 치료의 가망이 없다고 인정하는 일입니다. 본인이 자신의 병에 대해 얼마나 이해하고 있는지, 자연스럽게 알아보려 했습니다.

"완화의료 병동이라는 곳이 있더군요."

"거기는 죽어가는 사람들이 가는 곳이에요. 저와는 상관없어요."

아직 젊은 엄마입니다. 자신의 병을 인정하기가 쉽지 않습니다. 치료의 고통도 살아 있는 증거라고 생각하고 싶어 합니다.

'그렇구나. 안 되는구나. 그럼 이제 어떻게 해야 하지….'

그곳은 기독교 계열 병원이었기에, 병원 소속의 목사님

이 있을 거라는 사실이 생각났습니다. 말이 잘 통하는 수간호사에게 원목실을 물어서 찾아가 보니, 그는 저를 알고 있었습니다.

“어? 나이토 선생님이세요?”

“작은 수술로 잠시 입원 중이에요.”

“그럼, 선생님. 컨디션 괜찮으시면 직원들에게 강의해 주세요.”

“아니, 그런 얘기가 아니고요. 지금 제 옆 침대 환자가 정말 고통스러워하고 있어요. 목사님께서 좀 나서서 어떻게든 도와주세요. 주치의에게 부탁해 주세요. 약을 조절하면 나아질 거예요.”

그러자 그날 바로 주치의가 찾아왔습니다. 또 커튼 틈으로 엿보고 있자니, 그는 환자 앞에 우뚝 서서 큰 소리로 말했습니다.

“그렇게 힘들었어요?”

문득 뛰쳐나가 주치의를 붙잡고 “이건 단순한 고통이 아니에요!” 하고 소리치고 싶었습니다. 간신히 참고 있었는데, 그는 더욱 화를 내며 “진작 말했어야죠!”라고 말했습니다. 다른 사람이 자기 환자에 대해 말하니 기분이 상한 모양이었습니다.

"네, 메스꺼움이 좀 심해요."

"알겠습니다. 약을 좀 써보죠."

그렇게 증상도 가라앉고 그녀는 드디어 편안히 잠들 수 있게 되었습니다.

다음 날 또 딸이 찾아왔습니다.

"미안해, 엄마가 힘들어서 그랬어."

고통에서 해방된 그녀는 드디어 딸을 꼭 안아줄 수 있었습니다. 10초, 20초, 꼭⋯ 거기에는 아무런 방해도 받지 않는 모녀의 사랑이 있었습니다.

저의 암약은 거기서 끝났습니다. 모녀는 소중한 시간을 빼앗기고 있었습니다. 그것을 지금부터 되찾길 바랐습니다. 수간호사를 불러 "한 가지 더 할 일이 남아 있는데 부탁드려도 괜찮을까요? 딸의 앞날을 확실히 결정해 주지 못하면 홋타 씨는 계속 고통스러울 거예요. 그 부분을 좀 살펴 주세요"라고 부탁했습니다.

3박 4일의 분주한 병원 생활을 마치고 퇴원하던 날, 같은 병실의 그녀가 물었습니다.

"나이토 씨, 혹시 의료계에 종사하시나요?"

차마 그렇다고 답하지 못하고, "조금 관련이 있습니다"라고 얼버무렸습니다.

다시 일터로 출근하자 동료들은 어이없다는 반응이었습니다.

"선생님, 입원 중에도 몰래 일하고 오신 거예요?"

"좀 바빴습니다."

"수술 부위는 괜찮으세요?"

"괜찮아요, 괜찮습니다."

며칠 후, 선배 의사가 쓴 생애말기 의료에 관한 책을 홋타 씨에게 보내 드렸더니 얼마 지나지 않아 편지가 도착했습니다.

"보내주신 책을 다 읽었습니다. 큰 위안이 되었습니다. 덕분에 딸의 앞날에 대해 남편과 차분히 상의할 수 있었습니다. 우리 집은 복잡한 사정이 있었지만 이제 마음이 놓입니다. 저는 완화의료 병동으로 옮기기로 했습니다. 아이들이 많아 집으로 가긴 어렵거든요."

완화의료 병동은 개인실인 데다 환경이 좋아, 교회 목사님의 말씀을 듣고 원목실 목사님을 수시로 뵙기에 더할 나위 없습니다.

저는 다시 답장과 함께 제 책도 보내 드렸습니다.

"숨겨서 미안해요. 사실 저도 의사이고, 이런 책을 썼답니다."

얼마 후 도착한 엽서는 자원봉사자가 그녀의 말을 받아 적은 것이었습니다.

"나이토 선생님, 고마워요. 평범한 분이 아니라고는 생각했지만 의사셨군요. 이제 저는 펜조차 들 수 없어요. 선생님의 책도 중간까지 읽었고요, 지금은 자원봉사자분이 읽어주시는 목소리로 듣고 있어요. 내일은 마지막 장을 읽을 거예요. 요즘 제 마음은 고요합니다. 여기로 오길 잘했어요. 하루하루가 소중해졌고, 난생처음 여유롭게 지내고 있습니다. 행복합니다."

엽서를 받고 얼마 되지 않아, 수간호사로부터 그녀가

세상을 떠났다는 소식을 전해 들었습니다. 그녀는 다정하고 강한 어머니로 돌아가, 가족들에게 "우리 가족과 함께여서 행복했어"라고 전할 수 있었다고 합니다.

그녀는 극심한 고통 때문에 딸과 보내야 할 시간을 놓치고 있었습니다. 딸과 마주하고 싶고 외롭게 두고 싶지 않았지만 육체적인 고통이 그것을 가로막고 있었던 것입니다. 그러나 고통이 사라지자 그녀는 본래의 자신을 되찾아 소중한 시간을 회복할 수 있었습니다. 암으로 인한 육체적 고통은 한 사람의 모든 것을 집어삼킬 만큼 처절한 것입니다.

마음을 어지럽히던 것이 사라지면 사람에게는 자연스레 내면에서 소망이 솟아오르게 됩니다. 다시 말하지만 그것은 사람마다 다릅니다. 누군가는 "내 속마음을 마주하고 싶다"라고 소망했습니다. 또 누군가는 "가족을 위해 더 열심히 일하고 싶다"라고 말했습니다. 그저 "편안해지고 싶다"라고 말한 사람도 있었습니다.

나의 죽음을 예감하는 순간 우리는 과연 무엇을 우선시하게 될까요. 몸이 건강할 때 미리 생각해 두는 것도 중요하지만, 막상 그런 상황이 되었을 때 자연스럽게 떠오르는 마음을 소중히 여기는 것도 좋습니다.

일상에서 우리는 원치 않는 일로 시간을 허비하거나, 경제적 문제로 하고 싶은 일을 포기하고 살기도 합니다. 허무함을 이기지 못해 우울해지거나 술로 도피하기도 합니다. 하지만 제한된 상황일지라도 '이건 꼭 하고 싶다'라는 갈망은 내 안에 존재합니다. 온갖 할 수 없는 이유를 늘어놓으며 내 마음의 문을 닫아 버리고 있을 뿐입니다.

내가 원하는 것을 남과 비교할 필요는 없습니다. 세상에는 '이렇게 해야 한다'라는 상식, 규칙, 선례들이 넘쳐나지만, 그런 기준으로는 진짜로 원하는 것을 찾을 수 없습니다. 문을 열고 스스로에게 물었을 때 '이것만은 해야겠다'라는 마음이 든다면, 설령 시련이 닥치더라도 그것은 당신이 해야 할 일입니다. 반대로 이대로도 충분하다고 생각이 든다면 그걸로 됐습니다. '단호한 마음가짐'을 배워 가면 됩니다. 무언가에 내 삶을 지배당하지 않기 위해서.

진정으로 풍요로운 인생은 무엇일까

제가 정말 좋아하는 《만엽집万葉集》*에는 야마노우에노 오쿠라**가 지은 노래가 있습니다. 고열에 시달리다 갑자기 세상을 떠난 어린 자식을 그리며 지은 노래라고 전해집니다.

저승에서 온 사자여, 내 아이를 데리러 왔구나. 하지만 보아라, 이 아이는 아직 어려 저승길을 스스로 걸어갈 수 없다. 많은 공물을 바칠 테니, 제발 내 아이를 업어서 데려가다오. (저자 의역)

---

*   7~8세기 나라 시대에 편찬된 일본에서 가장 오래된 시가집

**   일본 나라 시대의 시인. 일본 최고의 시가집인 《만엽집》의 대표적인 가인이다. 주로 가난이나 질병, 자식에 대한 사랑 등 민중의 고통과 인간적인 삶의 애환을 사실적으로 노래한 것으로 유명하다.

이 노래에 담긴 마음은 현대를 사는 우리와 다를 바 없는, 자식을 향한 부모의 사랑입니다. 두려운 존재인 저승사자에게조차 매달려 기도하지 않을 수 없을 만큼 절절한 마음입니다. 자식을 둔 부모라면 가슴 깊이 와닿는 부분이 있습니다. 1,300년 전에 읊은 이 노래가 지금의 우리에게까지 감동을 주는 것은, 인간의 마음이 그토록 긴 세월이 흘러도 변하지 않기 때문입니다.

그런데 때때로 우리는 그것을 잊고 사는지도 모릅니다. 과학 기술이 발전하면서, 인간은 극적으로 진화한 듯 느낍니다. 스마트폰과 인터넷은 매우 편리하고 원하는 정보를 언제든 찾아볼 수 있으며 세상의 많은 것들을 쉽게 손에 넣을 수 있습니다. 인간의 삶은 더 효율적으로 바뀌고 개인의 가능성도 커졌습니다. 그것은 분명 훌륭한 변화입니다. 하지만 그로 인해 우리가 무언가를 초월한 존재가 되었다고 착각하고 있는 건 아닐까요? 작은 기계에 말만 하면 많은 일을 해낼 수 있게 되었다고 해서 인간 자체가 대단해진 건 아닙니다.

　진화한 것은 과학 기술일 뿐이며, 인간의 본질은 그대로입니다. 슬픔, 분노, 고독, 기쁨, 사랑. 인간이기에 느끼는 그런 감정들로 인생은 풍요로워집니다. 그것은 수천 년 전이나 지금이나 변함없습니다. 그래서 어쩌면 현대에는 오히려 더욱 빈곤해지고 있는지도 모릅니다.

　과학 기술을 부정하려는 것은 아닙니다. 다만, '진정으로 풍요로운 인생'이란 무엇인지, 일상에서 아주 잠시라도 생각해 보셨으면 합니다.

제2장

사람은 살아온 대로 죽어간다

변함없는 일상

떠난 뒤에도 해마다
봄 벚꽃으로 찾아올
우도 씨

우리 병원에서 차로 50분 거리에, 옛날이야기에나 나올 법한 산봉우리가 겹겹이 이어지는 마을이 있습니다. 예전에는 사람들이 모여 살던 마을이었지만, 지금은 절반 정도가 빈집인 곳입니다.

그곳에 여든다섯 살 우도 씨가 아내와 단둘이 살고 있었습니다. 처음 검사했을 때 이미 병은 상당히 진행된 상태였습니다. 그는 고집이 셌고 본인이 정한 건 절대 양보할 줄 몰랐습니다.

"병원에서 환자 취급받는 건 절대 싫어. 난 집에 있을 거야."

불안한 마음이 없지 않았지만, 헌신적인 아내와 상의한 끝에 어떻게든 버텨 보자고 마음을 다잡은 모양입니다. 복지 관련 분야에 종사하는 딸을 통해 제게 진료 의뢰가 들어왔습니다.

앞서 말했듯 저는 운전이 서툽니다. 남편에게 "워낙 외진 곳이니 첫 방문만 같이 가줘"라고 부탁해서 길을 나섰습니다. 가다 보니 가파른 비탈길을 따라 집들이 줄지어 서 있었는데, 예전에 운전 실수로 경차가 굴러떨어진 적이 있을 만큼 험한 길이었습니다.

한참을 헤맨 끝에 집을 찾을 수 있었습니다.

"여기가 우도 씨 댁 아닌가요?"

"아, 옆집 우도 씨를 찾아오셨군요."

알고 보니 마을 사람의 절반이 우도 씨였습니다.

부부의 취미는 밭일이었습니다. 감자, 피망, 토마토, 가지, 호박, 생강까지 여러 작물을 재배해 친척이나 이웃에게 나눠주고 있었습니다. 누군가에게 도움이 되는 것이 삶의 보람이라고 했습니다.

“경치가 정말 좋은 곳에 우리 밭이 있어요.”

자랑스럽게 말하며 저를 데려간 곳은, 산줄기가 한눈에 내려다보이는 언덕 위의 밭이었습니다. 좁고 가파른 땅이 많은 마을에서 가장 좋은 자리였습니다. 바로 앞에는 마을의 유일한 묘지가 있었는데, 부부는 매일 조상 묘를 청소하고 난 후 밭으로 향했습니다. 묘비에 새겨진 이름의 절반이 ‘우도’였습니다.

“여기서 제일 좋은 묫자리가 내 거예요.”

그 말을 듣고 간호사와 아내도 아마 저와 같은 생각을 했을 겁니다.

‘머지않아 저곳에 들어가시겠군요.’

묘지 맞은편에는 벚나무 공원이 있었습니다. 밭과 묘지, 공원이 나란히 있는 이 땅은 예전에 마을 청년들이 개간하고 벚나무도 함께 심었다고 합니다. 아직 꽃필 시기는 아니었지만 수십 년 자라 훌륭한 벚나무길을 이루고 있었습니다.

“젊을 때 우리 청년들이 같이 심었어요. 매년 여기서 벚꽃 구경하는 게 낙이죠. 내년 봄엔 선생님도 함께합시다.”

호기롭게 말했지만, 병세를 생각하면 이루어지기 힘든 약속이었습니다. 잠시 정적이 흘렀습니다. 아마 본인도 '나는 무덤에서 보게 되겠지'라는 마음으로 건넨 말 같았습니다. 저는 그저 "그러죠" 하고 대답하며 마음속으로 약속했습니다.

석 달쯤 지났을 때 간호사에게서 연락이 왔습니다.

"이제 얼마 남지 않은 것 같습니다."

급히 달려 가보니 가족과 친척, 케어매니저도 모두 모여 있었고 분위기는 무거웠습니다. 그때 옆방에서 아내를 부르는 그의 목소리가 들렸습니다.

"여보, 손님들에게 먹을 거 좀 내와."

옛날 분들에게 맛있는 음식을 대접하는 일은 가장 지극한 정성이었습니다. 거의 혼수상태나 다름없었을 그는 이불 속에서 누워 아내를 재촉하는 한편, 우리에게도 "드세요, 드세요"라며 권했습니다. 산간 마을에서 재료 구하기도 힘들었을 텐데 아내는 솜씨 좋게 음식을 차려냈습니다. 우리는 함께 맛있게 식사했고 마치 잔치라도 열린

듯 시끌벅적했습니다.

어린 시절, '노베오쿠리'라고 해서 장례식이 끝나면 고인의 시신을 화장장이나 묘지까지 배웅하는 의식이 있었습니다. 의식을 마치고 나면 큰 잔치가 벌어졌는데, 그때의 기억과 이 시간은 매우 닮아 있었습니다. 죽어가는 사람을 돌보고 배웅하는 일은 어쩌면 하나의 축제와 같을지도 모릅니다. 우도 씨는 이틀 뒤 세상을 떠났습니다.

추위가 누그러진 봄날, 약속대로 벚꽃을 보러 갔습니다. 아내와 손주, 그리고 무덤 속의 그도 함께 말입니다. 벚꽃은 그의 자랑만큼이나 아름다웠습니다. 묘지 옆이었지만 어둡고 음울한 기운은 전혀 없었습니다. 저는 무덤에 손을 살며시 대고 전했습니다.

"정말 아름다운 벚꽃이네요. 당신이 손수 가꾼 이곳에 잠드셔서 참 다행입니다."

그는 마지막 순간까지 한집안의 가장으로서 가족을 이

끌다가 세상을 떠났습니다. 그렇다고 독선적이거나 거만하게 느껴지지는 않았습니다. 마지막까지 그답게 살았고, 가족들도 그 삶을 존중했던 것 같습니다.

우리는 삶의 마지막 시간을 보내는 이에게 무엇을 해주어야 할지 고민하곤 합니다. 하지만 어쩌면 끝까지 자기답게 지낼 수 있도록 배려하는 것만으로 충분할지도 모릅니다.

죽음이 가까워져도 소란스러운 사람은 소란스럽고, 잠이 많은 사람은 잠을 자고, 허세 부리던 사람은 끝까지 허세를 부립니다. 짐짓 의연할 필요도 없고 담담하게 살던 사람은 그대로 살아가면 됩니다. 사람은 살아온 결대로 죽어가는 법입니다.

마지막까지 나답게 살 수 있다는 건 매우 행복한 일입니다. 후회나 미련을 넘어 이전의 삶을 지속하는 것, 그것은 자신의 삶 전체를 긍정하는 일일지도 모릅니다.

우리는 좀 더 자유롭게, 남의 시선을 지나치게 의식하지 않고 살아가면 됩니다. 때로는 폐를 끼치거나 미움을 받더라도, 그 또한 어쩔 수 없는 삶의 일부입니다.

물론 '나답게 산다'라는 것은 어려운 일입니다. 지나치면 받아주는 사람이 사라집니다. 때로는 '이렇게 사는 게 옳다'고 나 자신을 설득해야 하고, 그 이면에는 흔들리지 않는 결의와 자신감이 필요합니다.

너무 어렵게 생각할 필요는 없지만 무언가를 고민할 때 '옳고 그름' '해야 하는가 하지 말아야 하는가'라는 기준과 함께 '나다운가 나답지 않은가'라는 기준을 세운다면 삶은 조금 편해질 것입니다.

홀로였기에

더 단단히 꽃피웠던

게이코 씨

처음 게이코 씨의 집을 방문했을 때, 저는 그야말로 입이 다물어지지 않았습니다. 널빤지로 지은, 바람만 불어도 날아갈 듯한 집이었습니다. 걸모습만 보면 사람이 살고 있으리라고는 생각하기 어려웠습니다. 적어도 1940년대 이전에 지어진 집이라고 했습니다. 인간은 살고자 하는 의지만 있다면 어떤 환경에서도 살아갈 수 있다는 걸 깨달았습니다.

집 안에는 다다미도 깔려 있지 않고 돗자리가 깔려 있었습니다. 여름엔 찜통 같고 겨울엔 바깥보다 조금 나은 정도였습니다. 커다란 쥐가 나타난 적도 있어서 함께 간

간호사가 "게이코 씨가 주신 과자는 차마 못 먹겠어요…"
라고 말할 정도였습니다.

그녀는 자녀 없이, 남편과 함께 반찬 가게를 운영하다
가 사별한 후 줄곧 혼자 지내왔습니다. 70대 후반부터는
생명에 지장은 없지만 완치가 어려운 난치 질환도 앓고
있었습니다. 중증 장애를 안고 평생을 살아온 그녀는, 겨
우 발을 내딛는 것조차 버거웠고 의사소통도 어려웠습
니다. 그런데도 앞날을 어떻게 살아갈지, 어떤 의사의 도
움을 받을지 직접 알아보고 택시를 타고 저를 찾아왔습
니다. 일반적인 상황이라면 혼자 지내기 힘든 처지였기에
외래 진료는 무리라고 판단해 방문 진료를 시작했습니다.

놀랍게도 그녀는 혼자 꿋꿋이 생활하고 있었습니다. 요
양보호사에게 장보기만 부탁하고 직접 요리를 했습니다.
화장실도 혼자 다녔는데, 기둥에 묶어 둔 직접 꼰 털실 끈
을 잡고 집 안을 이동했습니다. 보조금으로 난간을 설치
할 수 있다고 설명해도 끝내 사양했습니다.

역시 혼자 사는 사람은 강인합니다. 곁에서 대신해 줄
수 있는 사람이 없으니 그녀를 홀로 서게 만들었을 것입

니다. 그녀는 밝은 성격에 항상 웃는 얼굴이었습니다. 삶을 진심으로 즐겼고 자신의 처지를 한 번도 비관하지 않았습니다. 원망도, 삐뚤어진 마음도 없어서 혼자서도 살아갈 수 있었던 것 같습니다.

그녀는 꽃 가꾸기를 무척 좋아해 정원도 없는 집에 직접 흙을 쌓아 작은 화단을 만들었습니다. 방문 진료를 갈 때마다 씨앗을 심어 키운 꽃이나 화분을 선물로 챙겨 주며 항상 잔소리를 덧붙입니다.

"병원 창가에 놓으세요."

"물은 제대로 주고 있어요?"

어쩌다 "말라 죽었어요"라고 솔직히 털어놓으면 크게 화를 냈습니다.

"꽃도 못 키우는 의사가 사람은 돌볼 수 있겠어요?"

정말이지, 당해낼 수가 없습니다. 참으로 난처하기 짝이 없네요.

맺어온 인연이 십 년을 지나 그녀가 아흔을 넘긴 무렵, 더 이상 혼자 살기는 힘들 것 같아 조심스레 시설 입소를 권했습니다. 그녀도 어쩔 수 없겠다며 수긍하고 시설을 알아보기 시작했는데 그조차 남에게 맡기지 않았습니다. ‘여긴 안 된다’ ‘여긴 그럭저럭’이라며 직접 꼼꼼히 따져보고 입소했습니다.

시설에서도 그녀는 변함없이 지냈습니다. 찾아가 보면 침대 위를 흙투성이로 만들어 놓고 화분 분갈이를 하곤 했습니다. 그곳에는 비상근 의사가 있어서 제가 방문 진료를 할 수 없었지만, 그녀는 우리 병원에 휠체어를 타고 외래 진료를 받으러 계속 찾아왔습니다. 몸이 안 좋아서가 아니라 놀러 오는 셈이었습니다. 저는 어느새 그녀의 인생 마지막 장을 함께 공유하는 친구가 되었다고 느꼈습니다.

그래서 마땅히 마지막 순간 곁을 지키고 싶었지만 저는 그녀의 임종을 지키지 못했습니다. 시설에서 위독하다는 연락을 주지 않았기 때문입니다. 무슨 일이 생기면 당연히 알려줄 거라는 건 제 착각이었습니다. 시설 직원들도 저를 알고 있었지만 환자와 의사가 그렇게 가까운 사이라고는 생각하지 못하고 지침대로 비상근 의사와 구급차만 불렀던 모양입니다.

게이코 씨는 장애가 생겼을 무렵 사회복지사에게도 좀처럼 마음을 붙이지 않았지만, 유일하게 마음을 연 분과는 십 년 정도 인연을 이어왔습니다. 그 사회복지사는 저와 아는 사이였음에도 제게 알리지 않았습니다. 그녀에게 "왜 저에게 연락하지 않으셨어요?"라고 묻자, "연락하는 건 좀 주제넘은 일 같아서요"라며 당황해했습니다. 그 또한 어쩔 수 없는 일일지도 모릅니다.

그녀가 세상을 떠났다는 사실을 일주일도 더 지나서야 알게 되었습니다. 장례식에도 참석하지 못했습니다. 시설 담당자에게 연락해 달라고 진작부터 신신당부해 두지 못한 것을 깊이 후회했습니다.

이후로는 환자가 다른 병원이나 시설로 옮길 때 무슨 일이 생기면 꼭 알려 달라고 부탁합니다. 병원이나 시설의 대응을 탓하려는 건 아닙니다. 다만, 소중한 사람의 마지막 순간 곁에 있어 주는 일은 생각보다 훨씬 어렵습니다. 꽃 문제로 화를 냈을 때 그녀가 했던 말이 떠오릅니다. 그녀는 제게 큰 가르침을 남겼습니다. 저 개인을 위한 것이 아니라 앞으로 제 손을 거쳐 떠날 다른 환자들이 후회 없이 떠날 수 있도록 하기 위한 가르침이었다고 생각합니다.

마지막 순간 실제로 곁에 있지 못하더라도 그 사람의 마음이 연결되어 있다면 그것만으로 든든한 법입니다.

그렇다면 가족이 없는 사람은 불행할까요? 저는 그렇게 생각하지 않습니다. 오히려 '결혼해야 한다' '아이를 낳아야 한다'라는 형식에 얽매여 억지로 살아가는 삶이 더 고통스러울 수도 있습니다.

사람은 태어나서 죽을 때까지 수많은 인연을 만납니다. 하지만 평생을 함께 걷는 관계는 거의 없습니다. 배우자와 자녀도 긴 여정의 일부를 함께할 뿐이고, 부모는 먼저 내 곁을 떠나며, 형제자매와 계속 함께 사는 일은 흔치 않습니다.

수많은 관계가 가깝다가 멀어지고, 때로는 다시 가까워지기도 합니다. 그 축적으로 인생은 더 깊어집니다. 수많은 인연 중 우연히 마지막 시간을 함께해 주는 사람이 있습니다. 친구여도 좋고 이웃이어도 좋고 어쩌면 의사일 수도 있습니다. 그저 순간순간 나를 떠올려 주는 사람이 있다는 사실만으로도 충분합니다. 살아가며 만남을 소중히 여겨왔다면 마지막 순간에도 그 인연이 닿기 마련이니까요.

저는 강연회에서 어르신들께 종종 이렇게 말합니다.

"두 사람만 있어도 공동체입니다."

결혼하지 않았어도, 배우자를 먼저 보냈어도, 자녀가 없어도 괜찮습니다. 그런 사람이 없다면 새로운 친구를 사귀어도 좋고, 잊고 지냈던 사람을 떠올려 보는 것도 좋습니다. 그러다 보면 오래 연락하지 않았던 사람에게 연락해 볼 용기도 생깁니다. "어쩌면 그 사람이 진정한 마음의 벗이었을지도 몰라" 하는 생각이 들 수도 있습니다. 제가 만나는 환자 중에 실제로 그렇게 하시는 분도 많습니다. 마지막을 함께할 마음의 벗을 준비해 두는 일은 남은 삶을 위해 매우 중요한 일입니다.

낳은 정보다 깊은 기른 정,

후회 없는 삶을 완성한

과자 가게 안주인

구로카와 부부는 지역에서 유명한 화과자 가게를 운영하고 있었습니다. 처음에는 남편이 가벼운 증상으로 저희 병원에 내원하셨지만, 그 후 뇌경색을 앓으면서 몸이 불편해지셨습니다. 남편이 과자를 만들기가 어려워지자 아내가 곁에서 방법을 배워 남편의 빈자리를 채웠습니다. 남편은 더 이상 일을 할 수 없게 되었지만, 말은 여전히 잘했습니다.

"반죽을 제대로 밀어야지!"

꾸중을 듣기도 했지만 아내는 억척스럽게 해냈습니다. 이웃들도 응원의 뜻으로 자주 찾아와 준 덕에 가까스로 가게를 계속 운영할 수 있었습니다. 아내의 솜씨도 점점 늘어 1년이 지나자 남편이 만들던 것과 비교해도 손색이 없을 만큼 훌륭해졌습니다.

몇 년 뒤, 이번에는 남편에게 암이 발견되었습니다. 남은 시간이 길지 않다는 것을 알았을 때, 부부는 익숙한 집에서 작별하기로 했습니다. 가게와 살림집은 같은 건물에 있어서 일을 하면서도 함께 있을 수 있었습니다. 남편의 숨소리가 거칠어지면 아내는 상태를 살피며 주문받은 과자를 계속 만들었습니다. 제가 침실에서 남편을 진료하고 있으면, 문 하나를 사이로 아내의 조용하고 단단한 마음이 전해지는 듯했습니다.

"부인 솜씨가 많이 늘었네요. 계속 집에 계실 수 있어서 다행입니다."

남편의 귀에 대고 말하자 눈을 살짝 깜빡이다가 눈물을 글썽였습니다. 이튿날 새벽, 그는 세상을 떠났습니다.

아내는 마지막까지 헌신적으로 남편의 임종을 지켰습니다.

“정말 잘 해내셨어요. 이제 좀 쉬시는 게 좋겠어요.”

“그래요. 일도 간병도 열심히 했어요. 이제 남편도 불평하지 않겠죠.”

하지만 슬픔이 채 가시기도 전에 아내마저 암에 걸리고 말았습니다. 큰 병원에서 치료를 받으며 가끔 제게도 들르곤 했는데, 올 때마다 안색이 점점 나빠졌습니다.

“치료를 그만둘 때가 오면 꼭 저와 상의하세요.”

여러 번 그렇게 말씀드렸지만, 완화 치료로 전환하는 것이 좋겠다고 느껴지는 단계를 지나서도 치료는 계속되고 있었습니다.

우리 병원 간호사들과 “구로카와 씨가 입원했다는데 상태가 심각하대”라는 이야기를 하고 있는데, 그녀가 입원한 병원에서 전화가 왔습니다.

“이미 의식이 혼미해질 정도로 위독한 상태인데 계속 집에 가고 싶다고 하세요. 선생님께 진찰받기로 약속했다면서요.”

오래전에 했던 약속입니다. 거절할 수 없었습니다.

“알겠습니다. 어떤 상태든 제가 맡겠습니다.”

“구급차 안에서 숨을 거두시면 어쩌죠.”

“제가 책임지겠습니다. 어찌 되었든 보내주세요.”

집에 도착하니 다행히 환자와 아직 간신히 말을 주고받을 수 있었습니다.

“잘 돌아오셨어요. 이제 제가 진료하겠습니다.”

“고맙습니다.”

위독하다는 소식을 듣고 두 아들도 와 있었습니다. 그녀가 건강할 때 들려줬던 이야기에 따르면, 두 아들은 남편과 일찍 사별한 전처 사이에서 태어난 아이들이었습니다. 그녀는 어린 두 아이를 만났을 때 결심했습니다.

“내 아이를 낳으면 분명 편애하게 될 거야. 그러니 아이를 낳지 않고 이 아이들에게 사랑을 쏟겠어.”

저는 두 아들과 그때 처음 만났습니다. 첫째는 남편을 빼닮았지만 둘째는 닮지 않았습니다.

둘째는 어머니를 보자마자 “엄마, 가지 마” 하며 매달렸습니다. 증상이 안정되어 다들 옆방에서 잠시 쉬는 동안에도 혼자 어머니 손을 잡고 오열하고 있었습니다.

그러다 어느 순간 문득 울음을 멈추더니 자세를 고쳐

앉았습니다. 방 안의 공기가 맑게 가라앉은 듯 고요해졌습니다. 아들은 맑은 눈으로 어머니에게 말했습니다.

"엄마, 지금까지 고마웠어."

그러자 그녀의 눈에서 한 줄기 눈물이 흘러내렸고 그렇게 마지막을 맞았습니다. 그때 이런 생각을 했습니다. 친어머니를 쏙 빼닮은 둘째 아들을 통해, 먼저 간 전처가 '내 아이를 훌륭하게 키워줘서 고마워요'라고 인사를 건네오는 것 같다고 말입니다.

그녀는 누군가에게 "아이를 낳지 말라"는 말을 들은 것이 아닙니다. 두 아이에게 사랑을 쏟겠다고 스스로 선택했고, 끝까지 자신이 결정한 삶을 훌륭히 살았습니다. 당당하게 한 사람의 일생을 마무리한 것입니다. 마지막 모습은 참으로 당당했습니다. 같은 여성이자 어머니로서 진심으로 존경합니다.

자신의 선택을 '잘한 일'이라고 확고하게 믿는 것이야말로 무엇에도 쫓기지 않고 망설임 없이 내 인생을 살아갈 수 있는 중요한 조건이 아닌가 생각합니다. 스스로 생각하고 선택하면 후회를 덜 하게 됩니다. 가지 않은 길에 한눈팔지 않고, 지금 걷는 길을 꽃길로 만듭니다. 그런 삶을 살아온 사람은 마지막에 가까워져도 흔들리지 않습니다. 병에 걸리더라도 남은 시간을 어떻게 마무리할지를 생각하게 됩니다.

욕망을 이루는 것이 인생의 성공이라 여기면 아무리 많이 얻어도 만족할 수 없습니다. 물질적으로 많이 가져 남의 부러움을 사는 사람일수록 마지막까지 머뭇거리게됩니다. "그런대로 괜찮은 인생이었어"라고 받아들이지 못하고 "그걸 아직 못 했다" "그때 그러지 말아야 했는데"라며 후회가 가득 남습니다.

반대로 은퇴한 지 몇 년이 지나도 과거의 직함이나 지위를 과시하는 사람도 있습니다. 안타깝게도 이런 분들은 결국 '훌륭하게 살았다'라고 할 만한 결말을 맞이하지 못하는 경우도 많습니다.

몸이 아프다는 사실 자체를 순순히 받아들이기는 어렵습니다. 하지만 마지막까지 미련에 발목 잡히지 않는다면 몸과 마음 모두 편안한 시간을 보낼 수 있을지도 모릅니다. 병에 걸린 것과는 별개로 지나온 삶은 이미 존재했던 시간입니다. 후회를 떨치지 못한 채 삶을 마감하는 일은 자신의 일생을 부정하는 일이기도 합니다. 그것은 너무도 서글픈 일입니다.

가장 소중한 보물,

가족의 품에서 눈을 감은

히로미 씨

히로미 씨는 40대의 엄마였습니다. 젊은 나이에 자신이 말기 암 환자가 될 줄은 꿈에도 생각하지 못했을 겁니다. 입원해 있던 병원의 의사는 차가웠고, 무엇보다 식사가 입에 맞지 않았습니다. 그렇다고 아이들을 돌보느라 바쁜 남편에게 따로 식사를 챙겨 달라고 부탁할 수도 없었습니다. 부부에게는 세 아들이 있었는데, 위의 두 아들은 독립했고 막내아들은 막 중학교에 입학한 참이었습니다. 가족들은 각자 직장과 학교에 가야 하니 문병 시간도 제한적이어서 온종일 병실 침대에서 외롭게 누워 있을 수밖에 없었습니다.

　이럴 바에는 차라리 집으로 돌아가 마지막 나날을 보내기로 결심했습니다. 그녀는 직접 외출 신청을 한 후 우리 병원을 찾아왔습니다. 그녀는 5분 정도 눈물을 쏟아낸 뒤 눈물을 닦으며 제 눈을 바라보고 말했습니다.

　“선생님, 이제 병원에 있고 싶지 않아요.”

　“왜요?”

　“병원에는 제 보물이 없거든요.”

　“보물이라니요?”

　“가족이요. 막내는 이제 막 중학교에 입학했어요. 아침에는 ‘잘 다녀와!’ 하고 배웅하고, 돌아오면 ‘어서 와!’ 하고 맞아주고 싶어요. 가족과 함께 있는 시간이 제 보물이에요.”

　“따져 묻는 것 같아 죄송하지만, 더 이상의 치료는 원하지 않는다는 뜻으로 이해해도 될까요?”

　“참아서 나을 수 있다면 얼마든지 참겠지만, 이제 항암제는 더 이상 효과가 없는 것 같아요. 그런데도 병원에서는 또 새로운 약을 써 보자고 하네요. 가족들도 더 치료해 보길 원해요. 하지만 제 몸은 제가 알아요. 한 번 더 센 약을 쓰면 일어나지도 못하고 가족과 대화도 못 하게 될 거예요. 저는 하루라도 좋으니 가족과 함께 있고 싶어요. 선생님, 도와주세요."

그녀의 마음은 충분히 이해할 수 있었습니다. 누구라도 같은 상황이라면 그렇게 생각했을 겁니다. 하지만 집에서 임종을 준비하려면 가족의 협조가 필수적입니다. 본인의 의사만으로는 결정할 수 없기에 우선 남편과 상의해 보시라고 말했습니다.

며칠 후, 남편분께 물었습니다.

"집에서 돌보는 일은 상상 이상으로 힘듭니다. 버틸 수 있으시겠어요?"

남편은 주저 없이 대답했습니다.

"아내의 소원이 곧 제 소원입니다."

그 한마디로 알 수 있었습니다. 아! 이것이 그녀의 보물이었구나.

"힘을 내야죠! 아내 곁에 있을 수 있도록 시간 조절이 가능한 일을 구하겠습니다. 제가 없는 시간은 처형이나 아내 친구들에게 부탁해 보겠습니다."

씩씩하게 말했지만 마음 속에는 얼마나 많은 고민이

있었을지 짐작되었습니다. 병원에서 조금이라도 가능성 있는 치료를 받길 바라는 것이 남편의 본심이었을 것입니다. 하지만 온순해 보이던 아내가 "병원에는 가지 않을 거야. 내 소중한 인생을 헛되이 보낼 수 없어. 가족 곁에 있고 싶어"라고 단호하게 뜻을 밝히니, 본인의 의사를 존중하기로 결단한 것입니다. 정말 훌륭한 선택이었습니다.

그녀를 돌보는 일은 저와 간호사에게도 쉽지 않았습니다. 당시 우리는 모두 그녀와 비슷한 연배였고 또래 자녀도 키우고 있었습니다. 자식을 남겨두고 떠나야 하는 비통함과 억울함, 그리고 어떤 심정으로 이불에 누워 있는지 절절히 와닿았습니다. 어느 날 간호사가 털어놓았습니다.

"선생님, 마음이 너무 아파서 울 것 같아요. 하지만 심호흡하고 즐거운 일을 떠올리면서 애써 입꼬리를 올리고 최대한 활기차게 '안녕하세요!' 하고 문을 열어요."

그녀의 가족은 임대아파트에 살고 있었습니다. 진료를 가면 어린아이들 노는 소리, 저녁 준비하는 소리 등 일상의 소리가 들려왔습니다. 작지만 반짝이는 행복이 가득한 평화로운 공간이었습니다. 문 너머에 중증 환자가 누워 있으리라고는 누구도 상상하지 못했을 겁니다. 저는 그 괴리가 슬프면서도 한편으로는 멋지다고 생각했습니다.

'그래서 여기로 돌아오고 싶었던 거네. 대단한 결단을 했구나.'

남편은 매우 다정했고 세심하게 그녀를 돌봤습니다. 아내가 좋아하는 재료를 사 와 직접 요리해 식사를 차리고, 처형의 도움을 받아 가며 아이들 몫도 챙겼습니다. 정말 정성껏 간병했습니다.

봄이 시작될 무렵 방문했을 때 문을 열자마자 향긋한 딸기 내음이 물씬 풍겼습니다. 남편이 딸기를 으깨어 딸기 우유를 만들고 있었습니다. 큼직한 딸기였고 값도 꽤 나가 보였습니다. 함께 먹는 모습이 마치 신혼부부 같았습니다. 소중한 순간을 방해했나 싶다가, 너무 아름다워 저도 모르게 눈물이 날 뻔했습니다.

그것은 슬픔의 눈물이 아니라 두 사람의 사랑에 대한 감동의 눈물이었습니다. 두 사람은 고통스러운 나날 속에서도 순간의 행복을 놓치지 않았습니다. 제철 과일을 함께 맛보는 시간만큼은 병의 존재도 잊게 됩니다. 평소에도 그런 것을 소중히 여겨왔겠지요. 간병으로 지친 와중에도 남편은 잃어버리지 말아야 할 것이 무엇인지 정확히 알고 있었습니다.

화장실에 갈 때는 두 사람이 어깨동무하고 함께 갑니다. 스스로 볼일을 보는 것은 인간의 존엄과 직결된 문제입니다. 젊은 나이에 기저귀나 이동식 변기를 쓰는 것은 끔찍이 싫었을 겁니다.

"화장실은 괜찮으세요?"

제가 묻자 남편이 웃으며 말했습니다.

"선생님, 임대아파트가 좁은 대신 나름의 장점이 있어요. 침대에서 다섯 걸음이면 화장실이거든요."

그 말에 저도 웃음이 나왔습니다. 유머는 사람을 살립니다. 남편의 긍정적인 에너지는 그녀에게 큰 버팀목이 되었습니다.

막내아들은 엄마가 병원에서 집으로 돌아온 뒤 가족 중 가장 많은 시간을 엄마 곁에서 보냈습니다. 그녀도 막내

를 가장 애틋하게 여겼고 함께 있을 수 있음에 행복해했
습니다.

아들은 좀 느긋한 성격이었습니다. 하루는 아들과 엄마
만 있는 집에 전화를 걸어 안부를 물었습니다.

"엄마는 어떠시니?"

"조용해요."

그 말에 당황해 "뭐라고? 괜찮아? 엄마가 30초 동안 숨
을 몇 번 쉬는지 세어 봐"라고 다급히 물었습니다. 잠시
후 엄마 곁에 다녀와서는, "선생님, 열 번이었어요"라며 태
연하게 대답했고, 저는 그제야 가슴을 쓸어내렸습니다. 그
아이 역시 훌륭하게 어머니를 지키고 있었습니다.

집으로 온 지 석 달쯤 지난 무렵, 마침내 이별의 시간이
다가왔습니다. 의식이 점차 혼미해져 깨어 있어도 더 이
상 대화가 어려워졌습니다. 그렇게 깊은 혼수상태에 들어
간 어느 날, 간호사가 곁을 지키고 있는데, 아들이 '쾅!' 하
고 문을 세차게 열고 들어왔습니다.

"다녀왔습니다!"

간호사가 "어서 와"라고 말하려던 찰나, 그때까지 의식이 없던 그녀가 눈을 번쩍 뜨고 큰 소리로 대답했습니다.

"어서 와!"

의료진의 부름에는 대답이 없었지만 사랑하는 아들의 목소리는 알아차리고 응답했던 것입니다. 세상을 떠나기 며칠 전의 일이었습니다. 침대 옆에는 세 아들이 정성껏 만든 추억 사진 스크랩 보드가 놓여 있었고, 어린 시절의 아들들이 어머니와 함께 웃고 있었습니다.

남편의 마음 속에는 아내 곁을 든든히 지켜냈다는 안도감과 떠나보내기 싫은 슬픔이 공존했을 것입니다. 그들은 마지막에 "죽기 싫어. 하지만 너무 고통스러워"라며 서로 껴안고 울었다고 했습니다.

사십구재가 끝난 뒤, 아내가 떠난 직후에는 묻지 못했던 질문을 남편에게 던졌습니다.

"집에서 보내 드린 것에 후회는 없으세요? 저희가 충분히 도움이 되었을까요?"

"아내는 아이들과 함께 있을 수 있어서 행복해했습니다."

몇 년 후, 저는 한 고등학교 강연회에 초청받았습니다. 강연이 끝나고 키 큰 청년이 제게 다가와 말했습니다.

"선생님, 그때 어머니를 잘 돌봐주셔서 감사합니다."

훌쩍 자라서 한눈에 알아보지 못했지만 어머니를 닮은 얼굴이 익숙했습니다. 그녀가 보고 싶어 했을 모습이라 생각하니 저도 모르게 눈물이 흘렀습니다.

죽음을 준비하는 이에게 가족이 가진 힘은 매우 큽니다. 마지막까지 가족의 목소리를 듣고 한 집에 머물고 싶다는 마음이 환자를 움직입니다. 병든 몸을 이끌고 스스로 병원을 나와 저를 찾아오는 일도 있습니다. 가족은 그토록 큰 원동력입니다. 사랑하는 가족이 곁에 있다는 것 자체가 무엇보다 따뜻한 돌봄입니다. 육체적인 고통은 의료진이나 간병인이 덜어줄 수 있지만, 정신적인 위안은 오직 가족만이 채워줄 수 있습니다.

물론 모든 가족이 그렇지는 않습니다. 환자 중에는 '힘들다' '괴롭다'라는 말만 반복하여 남겨진 사람을 괴롭게 하는 경우도 있습니다. 돌보는 사람 역시 한탄만 할 뿐 환자의 불안을 덜어주지 못하는 경우도 있습니다. 질병과 죽음이라는 현실은 그만큼 가혹하다고 할 수 있습니다.

위급한 순간 서로에게 힘이 되기 위해서 무엇이 필요할까요? 서로 다른 환경에서 자란 두 사람이 만나 부부가 됩니다. 각자의 세계를 가진 개별적인 존재입니다. 서로에게 힘이 되려면 지나치게 의존해서는 안 됩니다. 당연한 말인 것 같지만 사실은 가장 어려운 일입니다. 항상 도움을 기대하는 것만 문제가 아닙니다. '저 사람이 있으니까' '저 사람이 시키니까'라는 시각에 갇히고 맙니다. 이런 의존이 지나치면 자립심을 잃고 맙니다.

서로의 버팀목이 되어줄 수는 있어도 완전히 기대어 홀로 서는 법을 잊어서는 안 됩니다. 각자의 독립된 인격체로서 서로의 삶을 존중하며 지탱해 주어야 합니다. 서로의 독립성을 지켜준다면 두 사람의 삶의 방식이 분명해질 것입니다. 그 속에서 아이가 태어나면 자연스럽게 독립적인 인간으로 성장할 것입니다. 이렇듯 견고하게 쌓아 올린 관계가 진정한 가족의 모습 아닐까요?

물론 누구나 결혼하고 자녀를 가져야 한다는 의미는 아닙니다. 혼자 살기를 선택하는 것 또한 훌륭한 삶입니다. 다만 가능하다면 누군가와 깊이 교류하며 지탱해 주는 경험을 해보길, 부모의 마음으로 바라게 됩니다.

아흔여섯,

여전히 빛나는

긍정적인 나의 어머니

우리 어머니는 올해로 아흔여섯 살이며, 성함은 후지마루입니다. 놀기 좋아하셨던 외할아버지가 게이샤* 같은 이름을 지어주셨다고 합니다.

예전에 어머니께 물은 적이 있습니다.

"어릴 때 게이샤 이름 같다고 놀림 받지 않으셨어요?"

"전혀!"

"싫지 않으셨어요?"

어머니는 가슴을 펴고 말씀하셨습니다.

"무슨 소리야! 난 좋았어. 일본 최고의 이름에 부끄럽지

* 예능에 종사하는 일본의 전통적인 기생

않은 인생을 살겠다고 다짐했는걸.”

어머니는 대단한 긍정마인드의 소유자인 동시에 자신에게도 남에게도 엄격한 분입니다. 부모님은 전쟁 중 가난했던 시절 교사로 일하셨습니다. 아버지는 느긋한 분이셨습니다. 겨울날 교실에 햇살이 들면 학생들에게 모두 그쪽으로 의자를 옮기라고 하고는 “아! 따뜻하다” 하며 수업을 하셨습니다. 반면 어머니는 “햇볕 쪽으로 가지 마라. 집중하면 추위도 못 느껴!”라고 말하는 호랑이 선생님이었다고 합니다.

그렇다고 단지 엄격하기만 했던 것은 아닙니다. 학생들을 진심으로 생각했습니다. 학습이 뒤처진 아이들을 아침 일찍 학교에 불러 수업 내용을 미리 가르치고, 수업 시간에 그 아이들을 지목해 발표하게 했습니다. 미리 공부했으니 반 친구들 앞에서 당당히 정답을 말할 수 있었습니다.

반대로 우수한 아이들에게는 방과 후에 더 어려운 내용을 가르쳤는데, 특별 수업에 참여하는 것만으로도 동기부여가 되었을 것입니다. 이러한 세심한 배려로 각자의 자신감과 의욕을 끌어냈다고 합니다.

아버지는 53세에 뇌출혈로 하룻밤 만에 세상을 떠났습니다. 이후 어머니는 혼자서 저와 남동생을 키우셨습니다. 사십구재를 마치자마자 어머니는 만 오십 세의 나이에 트럭 운전면허를 따셨습니다. 2톤 트럭을 몰고 당시 운영하던 생선 가게의 물건을 떼러 산길을 오르내렸습니다.

학생 시절 어머니는 지역 계주대회에서 1등을 한 적이 있습니다. 언젠가 제가 "저는 끝까지 못 달릴 것 같아요"라고 하자, 어머니께서는 이렇게 받아치셨습니다.

"왜 그렇게 근성이 없니? 1등으로 들어오든 꼴찌로 들어오든 힘든 건 똑같아. 그렇다면 기왕 달리는 거 1등으로 달려야지!"

정말이지, 반박할 수 없는 말씀이었습니다. 어머니는 늘 맡은 일에 대해 최선을 다하셨고, 그 점만큼은 흉내도 낼 수 없었습니다.

그런 어머니도 아흔둘 되시던 해에 큰 병으로 고비를 겪으신 적이 있었습니다. 황달이 생기고 복수도 차올랐습니다. 암이 의심되었지만 의사라고 해도 내 가족의 진단은 냉철하게 내리기 어렵습니다. 다른 의사에게 진찰을 받아 봐도 "일주일 정도밖에 못 버티실 겁니다"라고 해서 가족 모두 각오하고 있었습니다.

그런데 날이 갈수록 황달이 가라앉고 나아지기 시작했습니다. 닷새 뒤에는 완전히 회복했습니다.

"엄마, 정말 많이 안 좋으셨어요."

"그랬구나. 실은 너희 아버지가 머리맡에 찾아와서는 '오래 기다렸지? 이제 가자' 하고 손을 건네더구나."

"근데 왜 안 잡으셨어요?"

"싫다고 했지! '더 이상 고생하던 그때의 내가 아니야. 이제 살만 한데 왜 데리러 왔어? 기다리지 말고 그냥 가!' 라고 말하고 베개를 던졌어. 그랬더니 시무룩해서 돌아가더라. 좀 심했나?"

저는 "심했네요"라고 말하면서도 역시 어머니답다고 생각했습니다. 아버지는 갑작스럽게 돌아가셔서 제대로 된 작별 인사도 못 했지만, 어머니는 훗날 "나를 만났으니 그 사람의 인생은 충분히 행복했을 거야"라고 단언하시는 분입니다.

어머니는 지금도 살아 계십니다. 오랫동안 남동생 가족과 살다가 몇 년 전부터는 시설에 계십니다. 요즘은 만나러 갈 때마다 엄마에게 이렇게 말하곤 합니다.

"엄마, 오래오래 잘 사셨어요."

그러면 장난꾸러기처럼 웃으십니다.

"며느리에게 백 살까지 살 테니 잘 부탁한다고 말했더니 왠지 슬픈 표정을 짓더라."

남편과 함께 찾아갔을 때였습니다. 평소 밝던 어머니가 침울한 표정으로 말했습니다.

"미안하다. 마지막 작별 인사를 해야겠구나. 이틀 내로 죽을 것 같구나."

뭔가 깨달은 듯 말씀하셨지만 저는 의사입니다. 어머니는 한 차례 고비를 넘긴 적도 있고, 고령이기는 하지만 당장 위태로운 상태는 아니었습니다.

"이틀 남았다는 걸 어떻게 아세요?"

"그 정도가 딱 좋아. 오늘 와줘서 정말 고맙다."

저는 슬퍼하는 대신 싱글벙글 웃으며 대답했습니다.

"스스로 예감하시다니 대단하네요. 역시 우리 엄마예요. 지금까지 우리를 위해 열심히 살아 주셔서 고마워요."

옆에 있던 남편도 함께 싱글벙글 웃었습니다. 그러자 어머니가 갑자기 화를 내셨습니다.

"이상하네. 며느리는 당황하고 아들은 눈물을 흘리던데, 너희는 왜 웃는 거니?"

저희의 반응을 떠보려는 의도적인 행동이었습니다.

"여러 사람이 도와서 백 세 가까이 사신 거예요. 천수를 누리는 건 대단한 축복이죠. 병원에서 호스를 꽂고 고통스러워하다가 가는 게 아니라, 이별을 고하며 자연스럽게 삶을 마무리할 수 있는 건 몇만 명 중 한 명일 거예요. 정말 대단해요. 저는 손뼉 쳐 드리고 싶어요."

저는 진심이었지만 "너는 붙잡지도 않는구나. 불효녀 같으니라고!"라며 불같이 화를 내셨습니다. 하지만 이내 세 사람 모두 웃음을 터뜨렸습니다.

수많은 명언을 남긴 어머니도 이제 정말 인생의 마지막 장을 향해 가고 계십니다. 지금까지는 자식으로서 응석도 부리고 "용케 이만큼 사셨어요"라고 말해 왔지만, 앞으로는 가능한 한 이렇게 말하려고 합니다.

"엄마, 고마워."

저는 어머니를 만날 때마다 이 사람을 평생 넘어설 수 없겠다고 느낍니다. 무엇이 대단하냐면, 궁극적으로 긍정적이라는 점입니다. 단순히 낙관적이거나 적극적이라는 뜻이 아닙니다. 눈앞에 어려움이 닥쳐도 고개를 숙이지 않고 자기 힘으로 극복하려 합니다. 힘들고 슬픈 일이 있어도 "이까짓 것!" 하며 맞섭니다. 지극히 사적인 얘기입니다만, 어머니만큼 그런 삶을 관철해 온 사람을 저는 본 적이 없습니다.

전쟁을 겪고 남편도 일찍 여의었으며 쉬지 않고 일했습니다. 자식을 모두 키워 겨우 살만해졌을 때는 유방암이 찾아왔습니다. 그래도 좌절하지 않았습니다. 항상 150퍼센트의 에너지를 쏟으며 남을 위한 봉사도 잊지 않았습니다.

그런 삶의 태도가 장수의 비결이라고 단정할 수는 없겠지만, 늘 밝고 쉽게 좌절하지 않는 사람일수록 더 충실한 노년을 보낼 수 있다고 저는 생각합니다. 나이가 들면 젊었을 때와 다른 시련이 더 자주 찾아옵니다. 과거에 큰 어려움을 극복해 본 경험이 없는 사람은 어쩔 수 없이 회복 탄력성 또한 낮을 수밖에 없습니다. 마음과 몸은 이어져 있어서, 마음으로 맞설 수 없다면 몸도 점점 약해집니다.

시련을 회피하지 않고 정면으로 맞서 살아온 사람은 그 형태가 달라져도 극복하는 법을 본능적으로 알고 있습니다. 무슨 일이 닥쳐도 '그때에 비하면 별일 아니야' '뭐, 어떻게든 되겠지'라고 생각할 수 있습니다.

살다 보면 여러 일이 생기고, 때로는 일어서지 못하거나 일어서고 싶지 않을 때도 있습니다. 그런 자신을 탓할 필요는 없지만 그 시간이 결국 미래를 더 풍요롭게 만들 것이라 믿는다면, 직면한 지금의 현실도 조금 다른 시선으로 바라볼 수 있을 것입니다.

스스로 돌보는 힘을 길러야 합니다

제가 하는 일은 늘 긴장을 동반합니다. 말기 환자를 진료하는 시기는 체력적으로도 힘들고, 돌아가시면 정신적으로도 어쩔 수 없이 괴롭습니다. 그래서 스스로 돌보는 일은 매우 중요합니다. 저는 '몸' '마음' '사회성' '영성 Spirituality'이라는 네 가지 측면에서 균형을 잡으려 노력합니다. 이는 어떤 직업이든 마찬가지라고 생각합니다. 그리고 아마 대부분 서툴 것입니다.

먼저 '몸'입니다. 여유롭게 쉬는 날을 만들거나 마사지나 미용실에 가는 등 육체적인 안식을 주는 것입니다. 특히 일본인들은 무리하게 버티려는 경향이 있습니다. 야근으로 수면이 부족해도 휴일 출근을 마다하지 않습니다. 그렇게 해서 결코 좋은 결과를 낼 수 없다는 걸 알면서도 집단적인 분위기에 휩쓸려 그것을 옳은 일로 여기곤 합니다.

두 번째는 '마음'입니다. 영화를 보거나 친한 친구를 만나고 즐거운 일을 하는 것, 혹은 자연을 접하거나 온천을 가는 것도 좋습니다. 어떤 치매 환자가 이렇게 말했습니다.

"즐거운 얘기만 하자. 부정적인 얘기는 하지 마. 이제 늙었다느니, 그런 말도 하지 마."

그는 치매에 걸리면서 오랫동안 짊어지고 있던 무게를 내려놓은 듯했습니다. 사람은 누구나 어깨에 짐을 지고 살아가지만, 잠시라도 그것을 내려놓고 안도하고 싶어 합니다.

세 번째는 '사회성'입니다. 가속을 포함한 타인과의 관계에서 삐걱거리는 부분이 있다면 기름을 치듯 조정해야 합니다. 이것도 신경 쓰지 않으면 미루거나 못 본 체하게 됩니다.

마지막은 '영성'입니다. 영성은 마음과는 다른 것입니다. 신이나 우주 등 이름은 다양하지만 더 큰 존재와 이어져 있고 항상 잔잔합니다. '마음'이 자기 자신과 연결되어 있고 좀 더 술렁이는 것이라면 '영성'은 더 고요합니다.

요가, 명상, 좌선 등 머리를 깨끗하게 비울 수 있다면 무엇이든 좋지만 제게는 다도가 잘 맞았습니다. 다도를 하면 본래의 나로 돌아간 듯한 느낌이 듭니다. 뇌 속에 매일 조금씩 달라붙는 먼지를 섬세한 붓으로 쏙쏙 쓸어내는 느낌입니다.

영성이라고 하면 수상하게 여기는 사람도 있고, 실제로 수상한 활동도 있습니다. 우선 해보고, 맞지 않으면 그만두면 됩니다. 본인에게 잘 맞는다고 생각하는 것을 계속하면 됩니다.

미련 없는

인생

가족의 품으로 돌아가

마지막 일기를 정리하고 떠난

유키 씨

레지던트 과정을 마치고 대학병원 의국원으로 일하던 시절, 스물셋의 여성 유키 씨를 만났습니다. 이 만남은 제게 첫 '재택 호스피스 케어'의 경험을 안겨주었습니다.

저는 그녀의 담당 의사가 아니었고, 처음 만났을 때 특별히 가깝게 지내던 사이도 아니었습니다. 당직 서는 밤에 가끔 이야기를 나누는 정도였습니다. 병원 내 보고회에서 그녀의 생이 얼마 남지 않았다는 이야기를 들었습니다. 암이 폐로 전이되어 남은 시간이 3개월 이내라는 사실을 알게 되었습니다.

그녀의 가슴에는 흉수를 빼내기 위해 검지만큼 굵은 튜

브가 꽂혀 있었고, 흡인기의 보글거리는 소리만이 병실의 정적을 깨고 있었습니다. 지금은 고급 아파트 같은 병원도 있지만, 그녀의 병실은 낡았고 환경도 좋지 않았습니다. 그녀는 고열로 고통스러워하며 '후… 후…' 하고 거친 숨을 내뱉고 있었습니다. 땀에 젖어 머리카락도 축축했지만 목욕조차 시킬 수 없었습니다.

희망으로 가득하고 한창 다채로운 나날을 보내야 할 청춘이, 수많은 관에 연결된 채 고통 속에서 천장만 바라보고 있었습니다. 나을 수 있다면 그나마 견딜 수 있겠지만 그럴 희망도 없이 갇혀 있으니 얼마나 답답했겠습니까.

몇 차례 대화를 나누며 저는 조금씩 그녀에 대해 알게 되었습니다. 대학원에서 프랑스 문학을 공부하고 있었고, 글쓰기를 좋아해 영화 잡지에 에세이를 발표하며 원고료를 받은 적도 있었습니다.

그녀는 매우 어른스러웠고 늘 조용히 미소 짓고 있었습니다. 말기 암의 잔혹한 현실이 그녀의 명랑함과 대비되었고, 저는 씩씩한 모습에 마음이 끌렸습니다. 어느새 매일 그녀와의 대화를 기대하게 되었습니다. 또래라는 이유도 있어 환자와 의사를 넘어선 우정을 느끼고 있었습니다.

그녀는 자신의 병과 자신에게 남은 시간에 대해 어느 정도 알고 있었던 듯합니다. 어느 날 이렇게 말했습니다.

“선생님들끼리 나누는 대화는 생각보다 허술해요. 영어든 프랑스어든 독일어든, 어딘지 비슷해서 알아들을 때가 있어요. 그래서 가끔 눈앞의 진료 기록을 몰래 읽고 싶어져요.”

그녀에게는 하고 싶은 일이 산더미처럼 많았습니다. 영화도 보고 싶고 멋진 사람과 연애도 하고 싶었으며, 지금 하고 있는 공부도 마치고 싶었습니다. 죽음을 준비하는 무거운 분위기가 아니라 마치 소풍 계획을 의논하듯 말했습니다.

그러나 마음 한구석에 숨긴 연약한 속내나 바람을 말할 수는 없었습니다. 당시에는 암에 걸렸다는 사실을 당사자에게 알리지 않던 시대였습니다. 주변 사람들도 “괜찮아” “걱정 마”라고 말할 뿐 그녀의 속마음을 들어주지 못했습니다. 일본 어디에서도 누구도 그러지 못하는 시대여서,

병원에서 집으로 돌아간다는 상상조차 할 수 없었습니다.

'나 같으면 이런 곳에서 시간을 보내지 않을거야. 어떻게든 집에 가고 말지.'

보다 못한 제가 결국 물었습니다.

"앞으로 어떻게 하고 싶어? 집에 가볼래?"

그녀가 받아들일지 확신할 수는 없었습니다. 하지만 이 아이라면 이해하리라 느끼고 있었습니다. 그녀는 눈을 반짝이며 대답했습니다.

"집에 간다고요? 그래도 돼요?"

"열이 내리면 과감히 돌아가자. 내가 방문 진료를 갈 테니까 안심해."

"정말요? 꿈만 같아요. 선생님, 부탁해요. 설마 이렇게 오래 입원할 줄 몰라서 방도 그대로 두고 왔어요. 일기랑 쓰다 만 원고도 있어서 그걸 정리해야 해요."

본인의 의사는 확인했지만, 이제부터 수많은 난관이 기다리고 있었습니다.

먼저 부모님이었습니다. 어머니는 매일 병문안을 오셨고 저와도 가깝게 지냈습니다. 늘 꼿꼿한 자세의, 단정하고 멋진 분이었습니다. 딸 앞에서 약한 모습을 보인 적이 없었습니다. 병실로 또각또각 구두 소리가 가까워지면 그녀의 눈이 늘 '엄마다!' 하고 반짝였습니다. 그래서 아버님보다 먼저 어머님께 말씀드렸습니다.

"따님을 집에 모셔가면 어떨까요?"

당장 받아들여지지 않으리라 생각했는데, 의외로 진지하게 들어 주셨습니다.

"좋은 생각이네요. 딸도 그렇게 하길 원하나요?"

"네, 다만 지금은 어려운 상황이니 증상이 잠잠해지면 재빨리 가는 것이 좋겠습니다."

"알겠습니다."

망설임이 없었습니다. 제가 제안해 놓고도 놀랄 만한 결단력이라고 생각했습니다.

아버님은 이제부터 천천히 설득하기로 했습니다. 이 순서가 옳았던 것 같습니다. 어머님보다 먼저 아버님께 여쭈었다면 "교수님께 여쭤봐야 합니다. 우리는 항암 치료를 원합니다"라고 하셨을지도 모릅니다.

물론 그것이 틀렸다는 뜻은 절대 아닙니다. 당시로서

는 전혀 예상 밖의 제안이었으니까요. 담당 의사도 아닌 젊은 여의사의 제안을 받아들여 주신 데 그저 고개가 숙여졌습니다. 그때는 인터넷으로 정보를 찾을 수도 없었고 사전 지식이 있는 것도 아니었습니다.

병원을 설득하는 일이 가장 마지막이었습니다. 교수님께 말씀드리자, "뭐라고? 무슨 소리야?"라며 고려조차 하지 않으셨습니다. 그래서 "집에서 돌보겠다"라고 하지 않고 "하루만 집에 보내도 될까요? 아직 젊고, 가족들이 마지막으로 집에서 지내게 해주고 싶어 합니다"라고 속이다시피 해서 외박 허가서를 받았습니다.

나행이 마침 그녀는 열이 내렸고, 짐을 챙겨 야반도주하듯 퇴원했습니다. 마스크 위로 보이는 눈동자가 반짝이고 있었습니다.

집에 돌아오자 여동생이 말했습니다.
"머리가 엉망이네."
"어쩔 수 없잖아. 입원했었으니까."
언니가 집에 온 것이 기쁘면서도 걱정스러운, 자매끼리

의 자연스러운 대화였습니다.

거실에 이불을 깔았고 가족들도 그 옆에서 함께 식사했습니다. 식욕은 거의 없었지만 집에서 지낼 수 있다는 사실만으로 기뻐했습니다. 이렇다 할 것 없는 평범한 일상과 대화가 집에 돌아왔음을 실감하게 해주었습니다.

“부엌에서 엄마가 식사 준비하는 소리만 들어도 좋아. 집에 오길 잘했어.”

마음에 걸리던 일기도 정리한 모양이었습니다. 나중에 어머니가 “혼자서 계단을 올라가 정리한 것 같더라”라고 알려주셨습니다.

이때까지만 해도 반드시 집에서 마지막을 보내게 해 주겠다고 마음먹었던 것은 아니었습니다. 당시 저는 ‘재택 호스피스 케어’라는 말조차 구체적으로 알지 못했습니다. 참고할 본보기도, 정부의 재택 돌봄 시스템도 물론 없었습니다. 하지만 초조한 마음은 없었습니다. 그저 하루하루 함께했습니다. 오늘이 지나면 내일 또 찾아가고 그다음 날도 다시 발걸음을 하며 시간을 쌓아갔습니다. 의사와 환자라고 하기엔 조금 이상한 관계였던 것 같습니다.

한번은 찾아가니 어머님은 안 계시고 그녀가 자고 있었습니다.

"선생님, 배 안 고파요?"

"조금 고프네."

"엄마가 만든 채소 수프가 있으니 드세요."

그 말에 염치 불고하고 넙죽 먹었습니다. 심지어 넉넉히 만들어 놓으셨기에 "한 그릇 더 먹어도 될까?" 하고 더 먹었습니다. 친구 같기도, 자매 같기도 한 몽글몽글한 시간을 보냈습니다.

하지만 생명의 끝은 여지없이 다가왔습니다. 이후로도 환자의 마지막 순간을 여러 번 지켜봤지만, 이는 아무리 경험이 쌓여도 힘든 일입니다.

"선생님, 아빠가 한밤중에 두 번이나 제 얼굴을 보러 왔어요. 혹시라도 제가 떠나버렸을까 봐 그러시는 걸까요?"

웃으며 묻는 그녀에게 말을 고르고 골라 대답했습니다.

"네 병에 대해서는 이미 알고 있지? 아빠도, 엄마도, 여동생도, 나도 모두 네게 할 수 있는 일을 다 하고 싶어서 애쓰고 있어. 부담스럽게 생각하지는 마. 무서워?”

“아니요, 조금도 무섭지 않아요. 하지만 솔직히 좀 지쳤어요. 이런 말 하면 혼나겠죠. 미안해요.”

그녀는 마지막까지 모두에게 감사하며 병을 원망하는 말을 한 번도 하지 않았습니다. 어느 날 아침, 수액을 놓으려는데 혈관이 잘 잡히지 않았습니다. 겨우 찾아낸 손끝의 가느다란 혈관에 바늘을 꽂을 수밖에 없었습니다. 손끝은 신경이 집중된 곳이라 몹시 아팠을 텐데, 그녀는 고통을 참고 미소 지었습니다.

“선생님, 고생시켜서 미안해요.”

그런 사람이었습니다.

집에 돌아온 지 백 일쯤 되던 날. 저는 절친의 결혼식에 자리하고 있었습니다. 결혼실에 가는 길에도 전화로 상태를 확인했지만, 신경이 쓰여 돌아오는 신칸센에서 내리자마자 곧장 그녀의 집으로 향했습니다. 그런데 집 앞에 구급차가 서 있었습니다. 달리기 시작한 구급차를 큰 소리로 불러 세우고 올라탔습니다. “주치의입니다!” 하고 외치며 구급대원을 제치고 심장 마사지를 했습니다. 하지만 늦었습니다. 그녀는 이미 집에서 숨을 거둔 뒤였습니다.

이송된 병원의 의사에게 "사망진단서를 제가 작성하게 해주세요"라고 부탁하니, 사정을 헤아려 허락해 주셨습니다. '이것이 내 일의 마무리구나'라고 생각하며 작성하고, 이제는 편안해진 그녀와 함께 집으로 돌아왔습니다. 신기하게도 저와 유가족 모두 이상하리만치 평온함을 느끼고 있었습니다. 그녀가 누워 있던 이불, 반쯤 마신 잔, 집안 곳곳에 그녀의 미소가 여전히 남아 있는 듯했습니다. 어머님이 상자에 가득 담긴 사진을 보여주셨습니다.

"선생님, 장례식 사진은 어떤 게 좋을까요?"

"해바라기처럼 웃고 있는 이 사진으로 하시죠."

어머님도 저도 살짝 미소를 지으며, "그럼, 또 오겠습니다" 하고 헤어졌습니다. 그러나 슬픔은 역시 점점 커져만 갔습니다. 집 문을 연 순간 긴장의 끈이 툭 끊어져 밤새 눈물이 멈추지 않았습니다.

구급차의 딱딱한 침대에 누워 있던 것은 창백한 얼굴의

그녀였습니다. 이제 더 이상 그 부드러운 미소도 볼 수 없고 맑은 목소리도 들을 수 없게 되었습니다. '마지막을 집에서 보내게 해줄 수 있어서 다행이었어. 하지만 결국 이렇게 이별은 오는구나!' 몇 번이고 그런 생각이 머리를 스쳤습니다.

마지막 날, 그녀는 어머니에게 화장실에 데려가 달라고 부탁한 뒤 천천히 침대로 돌아왔습니다. 이불 위에 앉아 말했습니다.

"힘들다. 등 좀 문질러 줘."

"괜찮아?"

"응."

그리고 그대로 머리가 맥없이 툭 떨어졌다고 합니다. 그렇게 어머니의 품에서 숨을 거두었습니다.

그녀는 씩씩하고 조용히 미소 짓는 사람이었습니다. 마지막까지 그녀답게, 물결을 일으키지 않고 수면 위로 날아오르는 백조처럼 떠나갔습니다.

자신이 갑자기 죽는다고 상상할 때, 사람들은 남에게 보이고 싶지 않은 것들을 떠올리는 경우가 많습니다. 누구에게나 꺼내 보이고 싶지 않은 비밀이 하나쯤은 있지 않을까요? 주변을 미리 정리해 두고 싶어 하는 것은 많은 환자들에게 공통된 바람입니다.

평소에 주변을 정리해 두는 것이 중요하다고 생각합니다. "언제 죽더라도 괜찮게!" 하며 무리할 필요는 없지만, 부끄럽거나 꺼림칙한 것은 정리해 두는 편이 좋습니다.

일이나 인간관계도 마찬가지입니다. 그런 시간이 쌓여야 후회 없는 삶이 되는지도 모릅니다. 결국 삶을 정돈하는 일은 남은 사람을 위한 일이기도 합니다. 자신의 마지막을 알면서도 체념하고 아무 정리도 하지 않은 채 떠나는 사람도 있습니다. 그러면 가족은 몹시 힘들어집니다. 무엇이 어디에 있는지도 모르고, 정리해도 되는지 하나하나 판단해야 합니다. 시간과 에너지가 많이 드는 일입니다.

"건강할 때 본인이 좀 정리해 두셨으면 좋았을 텐데"라고 말한 유가족도 있었습니다. 물질적인 의미뿐 아니라 마음의 정리를 돕기 위해서이기도 합니다. 그녀가 "방을 정리하고 싶다"라고 했던 것도 가족을 위한 마음이었을지 모릅니다. 자신이 떠난 뒤 가족이 일기를 발견하면 어떤 마음이 들지까지 생각했던 것 같습니다.

주변을 정리함으로써 가족들도 마음의 선을 그을 수 있게 도와주었습니다. 그녀가 세상을 떠났을 때 가족들이 이성을 잃거나 통곡하는 일은 없었습니다.

"이날이 왔구나. 역시 떠났구나."

다들 그렇게 담담히 받아들이고 있었습니다. 물론 떠나길 바란 것은 아니지만 집에서 백 일 동안 그녀의 생을 함께하며 조금씩 마음의 준비가 되었던 것입니다. 가족들은 무척이나 의연하고 훌륭했습니다. 그 시간이 남긴 것은 슬픔만이 아니었습니다.

고통 대신 와인 한 잔의 추억을
가족에게 남기고 떠난
모리카와 씨

영국에서 호스피스를 배우고 귀국하여 병원을 개업하기 전 큰 병원에서 일하던 시절이 있었습니다. 그 무렵 호스피스 계몽 활동을 시작해 강연회도 열었습니다. 모리카와 씨는 그 강연에 우연히 참석한 40대 남성이었고, 나중에 병원으로 저를 찾아왔습니다.

"선생님, 사실 저는 말기 직장암 환자입니다. 가족과 더 함께 있고 싶고 아직 죽고 싶지 않아 할 수 있는 모든 것을 했습니다. 수술, 방사선, 항암제, 모두 다 해봤고 이미 인공 항문 수술까지 했습니다. 금식도 했었고 장폐색도 겪었고 병과 싸운 지 3년이 됐습니다. 그동안 병원에서 고통스럽게 죽어가는 사람들을 여럿 보았습니다. 이런 생활이 계속되는 건 더 이상 견딜 수 없습니다. 저 스스로 무너져 내릴 것만 같습니다.”

그가 본인의 병세를 정확히 이해하고 있다는 사실에 놀랐습니다. 당시만 해도 암을 환자 본인에게 알리는 일 자체가 드물었기 때문입니다.

“하지만 선생님, 저는 기쁩니다. 지난번 선생님 강연에서 암의 통증은 완화할 수 있다고 말씀하셨죠. 그 말 한마디가 제게는 큰 구원이었습니다. 통증이 사라지면 가족을 위해 더 일할 수 있을 테니까요. 앞으로 잘 부탁드립니다.”

그의 눈에는 망설임의 흔적이 없었습니다. 남은 시간 동안 끝까지 가족을 위해 살고 싶다는 진심뿐이었습니다. 우리는 첫 번째 약속을 했습니다.

“선생님, 마지막까지 통증이 없도록 진료해 주세요. 그리고 저에게 거짓말하지 말아 주세요. 이전의 의사들은 진실을 말해주지 않았습니다. 저에 관한 일은 제가 먼저 알고 싶습니다. 무슨 일이 생기면 아내보다 저에게 먼저 말씀해 주세요. 아내를 괴롭히고 싶지 않습니다.”

　한동안 그는 외래로 진료를 받으며 지냈습니다. 가족들에게 둘러싸여 고통 없이 보내는 나날이 매우 행복해 보였습니다. 아내는 푸근하고 사랑스러운 분이었고 두 사람은 잘 어울리는 부부였습니다. 자녀는 고등학생과 중학생 딸 둘이었습니다.

　"아프지 않으니 내가 나로 있을 수 있어요. 아내에게 고맙고, 함께여서 행복했다고 말해줄 수 있었습니다."

　저는 통증이 생기면 숨기지 말고 말해달라고 당부했습니다. 약으로 통증을 억제하고 있어도 병세가 진행되면 통증이 강해지거나 다른 부위에 통증이 나타나기 때문입니다. 그러면 그때마다 몸의 상태에 맞춰 약의 종류와 용량을 바꿔야 합니다.

　당시는 올림픽 기간이라 밤마다 TV 중계가 끊이지 않았습니다. 어느 날 외래 진료를 온 그가 말했습니다.

　"매일 밤 올림픽을 보고 있어요."

　"피곤하지 않으세요?"

　"올림픽이라도 보고 있어야 고통을 잊을 수 있어서요."

"그게 무슨 말씀이세요?"

"이미 제거한 항문 부위가 자꾸 아픕니다."

직장 수술 후 봉합한 부위에 통증이 시작된 상태였습니다. 진찰해 보니 이미 강한 약이 아니면 통증 조절이 어려운 단계였습니다. 통증이 상당했을 텐데, 그는 내색하지 않고 견디고 있었던 것입니다.

"모리카와 씨, 여러모로 공부해서 알고 계시죠? 당신은 참는 데 익숙해져 있지만, 저를 만난 이상 통증만큼은 참지 마세요. 고통을 완화하는 것이 제 사명입니다. 솔직히 말씀해 주세요."

그제야 그는 견딜 수 없을 만큼 아프다고 털어놓았습니다. 이후로는 경구용 모르핀을 포함한 본격적인 완화 치료를 시작했고, 일주일 만에 통증은 사라졌습니다. 하지만 그것은 동시에 암이 그만큼 진행되었음을 의미했습니다.

그는 남편이자 아버지로서 가족의 미래를 철저히 준비했습니다. 아내가 어려움 없이 지낼 수 있도록 앞으로의 생활비와 교육비를 세심히 계산했습니다. 피아니스트를 꿈꾸는 큰딸을 위해 집에 피아노 방도 마련했습니다.

"제 딸은 피아니스트가 될 겁니다. 하지만 저는 피아니스트가 된 딸의 모습을 볼 수 없겠지요. 선생님, 저 대신 응원해 주세요."

"약속할게요. 훌륭한 피아니스트가 되면 함께 강연하겠습니다. 분명 근사한 시간이 될 거예요."

평온한 시간 속에서도 암세포는 멈추지 않았고 결국 뇌로 전이되었습니다. 제가 아직 재택 돌봄을 시작하기 전의 일입니다. 그와 했던 첫 번째 약속을 지켰습니다.

"모리카와 씨. 암이 뇌로 전이되었습니다. 이제는 점점 말을 못 하게 되고 의식도 흐려질 겁니다. 머지않아 입원해야 할 것 같아요."

잠시 침묵이 흐른 뒤 그는 울면서 "고맙습니다"라고 말했습니다.

입원 후에는 의사소통이 힘들어졌지만 "병원 생활 괜찮으세요?"라고 물으면 괜찮다며 웃어 보였습니다. 환자의 상태는 어떤지 늘 아내의 표정을 보면 알 수 있었습니다.

제가 입원을 권했을 때, 아내는 슬픔을 감추지 못하면서도 웃고 있었습니다. 환자가 웃을 때 가족도 웃고, 가족이 웃을 때 우리 의료진도 웃게 됩니다. 아내는 남편의 마음을 이해했고 이 선택이 옳았음을 안심하며 미소 지었습니다.

돌아가시기 일주일 전 모리카와 씨의 생일이 다가왔습니다. 저는 병실에 모두 모여 와인으로 건배하자고 제안했습니다. 병원 규정상 술은 금지였기에 아내와 간호사들은 "병원에서 그래도 되나요?"라며 난감해했습니다. 간호사늘에게 말했습니다.

"만약 여러분의 부모님이 마지막 순간에 와인 한 잔을 원하신다면 어떻게 하시겠어요? 병원이라도 마시게 해드리겠지요?"

"네, 그렇겠네요."

"그럼 우리도 그렇게 해드립시다."

병실 문을 닫고 함께 건배했습니다. 미리 병원장의 허락도 받아 두었습니다. 창문으로 비치는 햇살을 받아 반짝이는 와인은 유난히 맛있었습니다. 피아노를 잘 치는 약사님이 음악을 담당해 주신 덕분에 흥겨운 생일 파티가 되었습니다. 그도 웃고 있었지만, 창밖을 바라보며 살짝 눈물을 흘리기도 했습니다.

그 후 긴 대화를 나눌 수는 없었지만 그는 아내에게 여러 번 진심을 전했습니다.

"나는 행복해. 고마워. 그리고 사과할게. 아이들을 당신에게만 맡기게 되어 미안해. 아버지로서 최선을 다했지만 나머지는 부탁할게."

두 사람은 조용히 서로를 끌어안고 울었습니다.

그가 세상을 떠난 뒤 저는 그의 딸과도 약속했습니다.

"아빠와 약속했어. 네가 훌륭한 피아니스트가 되면 함께 강연회를 하기로. 그러니까 실력을 부지런히 닦아 두렴."

저는 이후에도 줄곧 그녀를 지켜보았습니다. 처음에는 서툴렀지만 연습을 거듭하며 점점 실력이 늘었고 몇 년 뒤에는 큰 대회에도 나가게 되었습니다. 그리고 아버지가 돌아가신 지 십 년 후, 우리 세 사람의 약속은 마침내 이루어졌습니다.

강연회 무대에서 그녀와의 협업을 요청했습니다. 단순히 사적인 부탁이 아닌, 프로 연주자로서 손을 잡은 정식 무대였습니다. 그녀의 즉흥 연주는 자유분방하면서도 가슴 깊이 울려 퍼졌습니다. 공기와 소리, 마음이 하나로 어우러진, 평생 한 번 들을까 말까 한 훌륭한 곡이었습니다.

무대 위에서 관객의 박수를 받으며 우리는 "꿈이 이루어졌어요"라고 아버님께 전했습니다.

"실력이 몰라보게 늘었구나!"

"선생님, 제가 꿈에 다가가고 있는 걸까요?"

"그럼! 네가 제일 잘 알고 있잖아."

"네, 맞아요."

마지막 순간 소중한 사람에게 무슨 말을 전하고 싶으신가요? 미래에 대한 당부나, 지난 추억 등 하고 싶은 말은 많을 겁니다. 하지만 많은 이야기를 해도 모든 말을 다 전했다고 느끼기는 어려울 것입니다.

환자와 가족들의 마지막 순간을 곁에서 지켜보면, 그들

이 나누는 인사는 대개 이 세 마디에 담겨 있습니다. ‘고마워’ ‘미안해’ 그리고 ‘안녕’ 입니다.

‘고마워’는 가장 먼저 전하고 싶은 마음일 것입니다.

“지금까지 고마웠어.”

“마지막까지 함께 있어 줘서 고마워.”

“가족이 되어줘서 고마워.”

‘미안해’는 사실 좀 꺼내기 어려운 말입니다. 주로 부부 사이에서 많이 오갑니다.

“먼저 가서 미안해.”

“힘들게 해서 미안해.”

“그때 다정하게 대하지 못해서 미안해.”

그리고 ‘안녕’. 이 말을 내뱉는 것은 정말 대단한 일입니다. 서로에게 말하기 쉽지 않습니다. 하지만 떠나는 사람이 남겨진 사람에게 주는 마지막 선물이기도 합니다. 아무리 각오해도 소중한 사람의 죽음은 깊은 슬픔을 남기지만, ‘안녕’이라는 작별 인사를 들음으로써 남은 이들은 비로소 마음을 정리하기 쉬워집니다.

모리카와 씨는 '고마워'와 '미안해'를 가족에게 수없이 전했습니다. 그 뒤에는 분명 '안녕'도 있었을 것입니다. 설령 말로 표현하지 못했다 해도 함께 보낸 시간이 가족에게 '안녕'으로 전해졌을 것입니다.

가끔은 '안녕'이라는 말을 차마 하지 못하고 주변 사람들까지 자신의 고통 속으로 끌어들이는 이들이 있습니다. 나는 이렇게 괴로운데 어떻게 너희만 아무렇지 않을 수 있느냐며 상대를 아프게 하면 남겨진 사람들은 좀처럼 회복하기 어렵습니다.

'고마워' '미안해' '안녕' 이 세 마디를 마지막 순간에 한꺼번에 전하기란 쉽지 않습니다. 우리에게 허락된 시간은 한정되어 있기 때문입니다. 그래서 저는 종종 환자분들을 재촉하기도 합니다. "부인에게 정식으로 사과하세요" "자, 지금 말씀하세요"라고 말입니다. 저는 저 스스로가 무서운 의사는 아니라고 생각하지만, 어떤 환자는 "선생님이 말씀하시면 초등학교 교장 선생님의 명령 같아서 따르게 됩니다"라며 웃었습니다. 마지못해서 말하거나 쑥스러워하면서도 결국 대부분 말하게 됩니다.

마음에 박힌 가시

아흔을 넘겨서도 우아하고 단단한 기품이 느껴지는 멋진 서예 선생님, 쓰야코 씨. 친척분께서 "몸이 좀 안 좋으시니 진찰을 부탁드립니다"라며 소개해 주셨습니다.

진찰해 보니 소화기계통의 암이 의심되었습니다. 종합 병원을 소개해 검사받은 결과, 역시 대장암이었습니다. 수술 후 6개월 정도는 평범한 일상을 보냈으나 고령에 면역력까지 떨어진 탓인지 암이 재발하고 말았습니다. 몸도 점차 의지대로 움직일 수 없게 되었습니다.

치료의 가망도 없어 더는 병원에 머물 수 없는 상황이었지만, 남편을 먼저 떠나보낸 그녀는 혼자 살고 있었습니다. 자녀도 없는 줄 알았습니다. 이후에 어디에서 지낼지가 문제가 되었습니다. "다른 병원에 입원하시겠다면 소개해 드리겠습니다"라고 제안하자, 그녀는 "사실은 딸이 하나 있어요. 한 번 물어볼게요"라고 말했습니다.

집을 방문해 보니 일본식의 정갈한 구조에 정원에는 대나무 숲이 있었습니다. 조용하고 깔끔하게 지내오신 집주인의 인품이 묻어나는 집이었습니다. 침실 창문으로는 후지산이 바로 보였습니다. 여기서 편안히 지내고 싶으시겠구나 생각하며 딸과 상의해 보셨는지 묻자, "집에서 저를 보살펴주기로 했어요"라고 답했습니다.

며칠 뒤 딸과 손녀를 소개받았습니다. 두 사람 모두 그녀를 닮아 모녀 삼대가 모두 단아한 인상이었습니다.

쓰야코 씨가 없는 자리에서 "미인 가족이시네요. 어머니를 닮아 행복하시겠어요"라고 말했더니 순간 두 사람의 낯빛이 어두워졌습니다. 보통이라면 수줍어하거나 겸손하게 답할 상황이라고 생각했습니다. '무슨 사연이라도 있나?' 하고 느꼈기에 더는 묻지 않기로 했습니다.

간병하면서도 서로 어딘지 모르게 어색한 분위기가 감

돌았습니다. 그녀는 거동이 점점 어려워져 기저귀를 착용하게 되었고, 딸이 간호사에게 기저귀 가는 방법을 배웠지만 여전히 어색해 했습니다. 보통의 모녀라면 "엄마, 기저귀 갈아줄게" "응, 고마워. 미안해" 하고 자연스럽게 주고받을 일도, "어머니, 기저귀 갈아도 될까요?" "아니요, 아직 괜찮아요"라며 지나치게 정중하고 조심스러웠습니다.

그녀를 소개해 준 친척에게 슬쩍 물었습니다.

"쓰야코 씨와 따님 사이에 무슨 사정이 있나요? 너무 서먹하고 예의가 지나쳐서 오히려 좀 이상해요."

그러자 친척분이 이런 이야기를 들려주었습니다.

예전에 그녀는 어린 딸을 두고 집을 나갔다고 합니다. 앞서 말한 세상을 떠난 남편과는 재혼한 사이였습니다. 딸은 늘 엄마의 부재 속에서 외로움을 느끼며 조부모 손에 자랐습니다. 아버지는 평생 재혼하지 않았고, 말년에는 암으로 고통을 호소하며 집으로 가고 싶어 하다가 결국 병원에서 돌아가셨습니다. 딸이 성인이 된 뒤 두 사람은 재회했고 최근 왕래하기 시작했지만, 오랜 세월 파인 감정의 골은 쉽게 메워지지 않았습니다. 공교롭게도 그녀의 병이 발견된 것은 바로 왕래를 시작한 직후였다고 합니다. 딸은 어머니의 마지막 순간을 곁에서 지키기로 마음먹었지만, 내면의 갈등은 여전했을 것입니다. 조금 가까워진 뒤 딸은 제게 속마음을 털어놓았습니다.

"평생 엄마를 그리워했어요. 왜 나를 두고 갔느냐고 원망도 했고요. 아빠는 고통스러워하며 집에 가고 싶어 하다가 병원에서 외롭게 돌아가셨어요. 그런데 엄마는 평화롭고 행복하게 살다가 이렇게 가족에게 둘러싸여 죽을 수 있다니… 불공평해요. 용서할 수 없어요."

그녀도 차마 딸에게 "도와달라"고 말하지 못한 채 젖은 기저귀를 그대로 차고 있기도 했습니다. 두 사람의 거리는 조금씩 가까워지고 있었지만, 수십 년의 간극은 여전히 컸습니다. 그리고 이별의 시간은 점점 다가오고 있습니다. 이대로 괜찮은 걸까, 두 사람 사이의 틈은 메워질 수 있을까 걱정스러웠습니다.

남은 시간이 짧으면 사흘, 길어야 일주일 남짓으로 보이던 시기에 방문 진료를 갔더니 그녀가 화사한 얼굴로 맞이했습니다. 죽기 직전 잠시 평온을 되찾는 환자들이 많습니다. 공포도 사라지고 자신이 갈 곳을 알고 있는 듯한 표정입니다. 그녀에게도 마지막 순간이 찾아온 것일까 싶어 가슴이 철렁했습니다.

그녀는 즐거운 표정으로 말했습니다.

"선생님, 오늘은 정말 기분이 좋아요."

"어머나, 무슨 좋은 일이라도 있으셨나요?"

"좋은 꿈을 꿨어요. 선생님, 여기서 후지산이 보이잖아요."

"네, 잘 보이네요."

"제가 바로 저 산꼭대기에 서 있었어요. 발밑으로는 아름다운 운해가 펼쳐져 있었고요. 신이 내려다보듯 사방이 한눈에 보이는데 이 세상 풍경 같지 않았어요."

꿈은 때로 생을 마감하는 이에게 중요한 메시지가 되기도 합니다. 속으로 '임종이 가까워진 걸까?' 하고 생각했습니다.

"그래요. 그래서 어떻게 됐어요?"

"저 멀리 산봉우리의 구름 속에서 굵은 줄 하나가 나타나더니 스르르 제 쪽으로 뻗어왔어요. 왠지 줄다리기를 해야 할 것 같아서 줄을 잡았죠. 그러자 반대편 누군가와 줄다리기가 시작됐어요. 힘껏 당겼지만 제가 힘이 약해서 질 뻔했어요. 한 걸음씩 끌려갔죠. 지면 그대로 운해 속으로 떨어지는 거예요."

졌다면 그대로 세상을 떠났을지도 모릅니다.

"아이고, 위태로웠네요. 그래서 어떻게 됐나요?"

"조금만 더 힘을 내 보려고 필사적으로 당기고 있었는데, 갑자기 누군가 뒤에 서서 함께 잡아당겨 주더군요. 덕분에 제가 이겼어요. 돌아서서 고맙다고 말하려는데, 글쎄 그 사람이 딸이었어요."

참으로 상징적인 꿈이 아닐 수 없었습니다. 어쩌면 보녀는 우리 눈에 보이지 않는 무의식의 세계에서 이미 화해했는지도 모릅니다. 나중에 그 이야기를 딸에게 전해주자 "정말 그럴지도 모르겠네요"라고 말했습니다.

그로부터 그녀가 세상을 떠나기까지 사흘간의 시간은, 어쩌면 후지산의 신령이 허락한 선물이었을지도 모릅니다. 두 사람의 거리는 단숨에 가까워졌고 처음에는 조심스러웠지만 마침내 서로를 꼭 껴안을 수 있게 되었습니다.

"어린 널 두고 떠나서 미안하다. 하지만 한순간도 너를 사랑하지 않은 적이 없었어."

"그때 왜 나를 버렸어? 엄마를 원망하지만, 그래도 정말 사랑해."

그 사흘은 서로의 마음을 확인할 수 있었던 소중한 시간이었을 것입니다.

어린 자식을 두고 집을 나와 다른 사람과 재혼한 엄마. 소문으로는 전 남편이 홀로 딸을 키우며 부모와 함께 살고 있다고 들려옵니다. 그녀는 평생 '미안함'이라는 돌멩이를 가슴에 매달고 살았을 것입니다.

한편, 딸은 늘 외로움을 느끼며 자랐습니다. 엄마와 사이가 좋은 친구를 볼 때, 수업 참관 날, 그리고 아버지가 돌아가셨을 때. 그때마다 어머니에 대한 그리움과 원망을 동시에 품고 살아왔습니다. 두 사람의 마음속에는 수십 년 동안 날카로운 가시가 박혀 있었던 셈입니다.

딸은 단가*를 짓는 것이 취미였습니다. 어머니가 세상을 떠난 뒤 얼마 지나지 않아 제게도 단가를 보내왔는데, 그중에는 "내내 고통스러웠다"라는 구절이 담겨 있었습니다. 언뜻 슬픈 말처럼 들리지만 자신의 고통을 솔직하게 드러낼 수 있게 되었다는 것은 어느 지점에서 감정을 매듭지을 수 있었다는 뜻일 것입니다. 함께 보낸 마지막 시간, 그리고 화해할 수 있었다는 사실이 서서히 그녀의 상처를 아물게 한 듯합니다.

'영원한 이별'이라는 사실이 오히려 '지금 당장 화해해야 한다'라는 마음을 깊은 곳에서 끌어올립니다. 역설적이지만 이 또한 죽음을 앞둔 시간이 지닌 큰 생명력일 것입니다.

물론 모든 이별이 이토록 극적이고 아름답게 마무리되는 것은 아닙니다. 제대로 마음을 전하기도 전에 순식간에 떠나버리거나 상대가 먼저 세상을 떠나는 일도 있습니다.

모든 사람과 화해해야 하는 것은 아닙니다. 싫은 사람,

* 일본 전통 정형시로 5·7·5·7·7, 총 31음으로 이루어지는 시

다투고 헤어진 사람도 있을 것입니다. 하지만 마음 한구
석에 계속 가시처럼 박혀 있는 누군가가 있다면, 당장은
아니라도 조금씩 얽힌 실타래를 풀어보시는 건 어떨까요.

인생의 티켓

짧은 생에 백년 치의 사명을

완수하고 떠난

소년 더기

정신과 의사 엘리자베스 퀴블러 로스Elisabeth Kübler-Ross
는 죽음에 대한 과학적 인식을 개척한 인물로 알려져 있
습니다. 세계 최초로 죽어가는 환자들과의 대화를 기록한
《죽음과 죽어감On Death and Dying》은 당시 큰 화제가 되었
습니다.

어느 날 그녀에게 아홉 살 미국인 소년 더기로부터 편지
한 통이 도착했습니다. 뇌종양으로 3개월의 시한부 선고
를 받은 더기는 편지에 세 가지 질문을 담아 보냈습니다.

'생명이란 무엇일까?'

'죽음이란 무엇일까?'

'왜 어린아이들이 죽어야 하는 걸까?'

어린 소년이 자신의 병을 알게 되었을 때 느꼈을 슬픔과 분노, 공포와 혼란, 정리할 수 없는 감정이 그 문장에 담겨 있었습니다. 주변의 어떤 어른도 더기의 의문에 답해주지 못했습니다.

로스는 진지하게 답장을 썼습니다. 딸아이가 쓰는 28색 마커펜으로 정성스럽게 그림까지 곁들였습니다. 그 편지는 훗날 《더기에게 보내는 편지A Letter to a Child with Cancer》라는 그림책이 되었습니다. 그중 일부를 소개합니다.

사람은 마치 씨앗처럼 태어난단다. 민들레 씨앗처럼 들판에 날아가 늪에 떨어지기도 하고, 예쁜 집의 잔디밭이나 화단 위에 떨어지기도 하듯이 말이야.

하지만 잊지 말아야 해. 신은 민들레가 어디로 날아갈지를 정하는 바람을 일으키고 있다는 것을. 신은 민들레 씨앗 하나하나를 소중히 여기듯 모든 생명과 아이들을 아끼신다는 것을. 그러니 인생에 우연이란 없단다.

꽃 중에는 아주 짧게 피는 꽃도 있어. 하지만 사람들은 그 꽃을 보며 봄의 기운과 희망을 느끼고 사랑을 주지. 꽃은 다 피고 나면 시들어 죽지만, 해야 할 일을 충분히 다한 거란다.

이 세상에서 할 일을 모두 마치면 우리는 몸이라는 허물을 벗어 던질 수 있게 된단다. 몸은 나비를 가두는 번데기처럼 우리의 영혼을 담고 있는 껍질이야.

때가 되면 우리는 그 몸에서 나와 자유로워져.

더 이상 아프지도 두렵지도 괴롭지도 않게 된단다.

박사님의 마음을 빌려, 저 역시 더기에게 꼭 이런 말을 건네고 싶었습니다.

네가 병에 걸린 것은 네가 나쁜 아이이기 때문도 신의 벌을 받은 것도 아니란다. 인생이라는 학교를 졸업한다는 뜻이야. 단 한 번 피는 꽃이 있는가 하면 오십 년을 사는 꽃도 있듯, 인간의 수명 또한 하늘이 정해준 것이란다. 너의 시간은 십 년. 다른 사람보다 조금 짧지만 그동안 백년 치를 배우게 되는 거야.

너는 그저 사명을 부여받은 거야. 그 사명을 완수했을 때, 영혼이 깃든 '육체'라는 틀을 벗어던지고 멋진 곳으로 갈 수 있어. 그러니 그날이 올 때까지 힘껏 살아가렴.

더기는 로스의 편지를 통해 자신의 인생이 결코 무의미한 것이 아니며 자신에게 주어진 과제가 있음을 깨달았습니다. 신이 준 인생이기에 남보다 짧아도 원망할 필요가 없다는 것, 그 십 년을 힘껏 질주하면 된다는 희망을 품고 살았던 것은 아닐까요. 더기는 예상 수명을 훨씬 넘겨 열세 살까지 기적처럼 머물러 주었다고 합니다.

인생에 우연은 없습니다. 시련과 슬픔이 닥칠지라도 우리가 태어나 지금 처한 상황은 필연이며, 모든 것에는 의미가 있습니다. 부자든 가난하든, 건강하든 병과 싸우고 있든, 가족과 함께 살든 기댈 곳 없든 모두 각자의 과제를 부여받았습니다. 부여받은 삶의 숙제를 다 마치면 이 세상을 졸업하고 다음 단계로 나아갈 수 있다고, 로스는 말합니다.

우리에게는 태어난 순간 '인생의 티켓'이 주어집니다. 한 쪽에는 태어난 날짜가, 다른 한쪽에는 마지막 날이 적힌 편도 티켓입니다. 이 날짜는 우리가 바꿀 수 없습니다. 인생의 시간은 정해져 있으며 그 끝을 피할 수 있는 사람은 아무도 없습니다.

그러니 억지로 거스르려 애쓰지 않아도 됩니다. 요즘 사람들은 장수하기 위해 식단을 관리하고, 운동하고, 영양제를 챙겨 먹으며 무척 애씁니다. 물론 건강은 중요합니다. 다만 노화와 죽음을 피하려는 강박 때문에 소중한 것들을 외면하고 있는지도 모릅니다.

인생이 유한하다는 사실을 잊어서는 안 됩니다. 그 끝이 백 세가 될지 오십 세가 될지 알 수 없으나, 반드시 그 때가 온다는 것을 평소에 받아들여야 합니다. 늘 생각할 필요는 없어도 가끔은 떠올려 주었으면 합니다.

인생의 티켓 뒷면에는 읽을 수는 없으나 각자의 인생 과제도 적혀 있습니다. 그것이 무엇인지 더기는 분명 발견했을 것입니다. 하지만 건강한 우리는 지금 당장 구체적으로 알지 못해도 괜찮습니다. 삶의 유한성에 직면했을 때 서툴게 헤매고 방황하더라도 그 안에서 찾아도 늦지 않습니다. 길을 잃는 일조차 티켓에 예정된 일이기 때문입니다. 그저 티켓을 마지막까지 손에서 놓지 않으려 애쓰면 됩니다.

이 티켓은 오직 자신만의 것입니다. 다른 누구와 바꿀 수도, 대신 맡길 수도 없습니다. 자신의 과제를 완수하고 무사히 종착역까지 도달하는 것은 각자의 책임입니다.

그렇다고 너무 무겁게 받아들일 필요는 없습니다. '이루어야 할 과제가 정해져 있다'라는 말을 뒤집어 보면, 인생의 과제란 '자신이 이룰 수 있는 것'이라는 뜻이기도 합니다. 노력해야 할 일은 자연스럽게 노력하게 되고, 충분히 애썼지만 얻지 못했다면 더 이상 원하지 않아도 됩니다. 자신을 탓할 필요도 없습니다. 그렇게 생각하면 마음이 조금은 가벼워질 것입니다.

사람과 사람을 잇는 씨실

환자의 마지막 순간에 관여할 때, 우리가 돌보는 대상은 환자 한 사람만이 아닙니다. 가족과 친척들이 마지막 작별 인사를 제대로 나눌 수 있도록 돕고, 환자가 떠난 뒤에도 소중한 이를 잃은 유가족의 슬픔에 함께하는 것 역시 우리의 중요한 사명입니다.

환자가 세상을 떠난다고 해서 "그럼, 안녕히" 하고 모든 것이 끝나는 것은 아닙니다. 이 책에서도 환자의 아드님과 재회하거나 꿈을 이룬 따님과 강연을 함께한 일화를 소개했습니다. 누군가 세상을 떠난다고 해서 이야기가 끝나는 것이 아니라, 오히려 거기서부터 또 다른 이야기가 이어지기도 합니다.

제3장에서 말씀드린 스물세 살 유키 씨의 가족과는, 삼십 년이 지난 지금도 왕래하고 있습니다.

그녀의 아버님께서는 이렇게 말씀해 주셨습니다.

"지금은 제도가 잘 갖춰져 집에서도 완화 치료를 받을 수 있지만 선생님은 그 옛날, 아무도 하지 않았던 일을 시작해 지금까지 계속해 오셨네요"

어머님은 지금도 저를 친딸처럼 대해주십니다. 최근에 만났을 때는 이런 말씀을 하셨습니다.

"유키가 살아 있었다면 선생님과 잘 지냈을 텐데. 워낙 우수한 아이였으니 선생님 일을 돕게 됐을지도 몰라. 그랬다면 얼마나 좋았을까?"

그 말씀에는 딸이 건강하게 살아 있고 그 곁에 저도 함께 있었다면 얼마나 충만한 인생이었을까 하는 마음이 담겨 있다고 느꼈습니다.

하지만 저와 그녀는 병이 아니었다면 만나지 못했을 인연입니다. 저는 "그럼요. 분명 멋진 나날이었을 거예요"라고 말한 뒤 덧붙였습니다. 제 말을 들은 어머님은 "딸은 떠났어도 나이토 선생님이 곁에 남아 주다니, 인생이란

참 묘하지"라며 부드럽게 웃으셨습니다.

그녀는 이제 이 세상에 없지만 제가 지금도 아버님, 어머님과 인연을 이어갈 수 있는 것은 그녀가 남겨준 커다란 선물입니다. 저는 그녀를 만났고, 그녀를 통해 부모님을 만났습니다. 사람과 사람이 만난다는 것은 두 가닥의 날실이 나란히 놓이는 것에 그치지 않습니다. 그 사이를 씨실이 가로지르고, 또 다른 실들과도 엮여 갑니다. 한 번 통과한 씨실은 쉽게 끊어지지 않습니다. 우리 인생은 그렇게, 씨실과 날실처럼 겹겹이 엮이는 과정이라고 생각합니다.

제 4 장

소중한 사람이
떠날 때

아버지의 마지막 숨을
묵묵히 지켜낸
쇼조 씨의 백 일

쇼조 씨의 아버님은 여든 무렵 말기 식도암 진단을 받았습니다. 주치의로부터 "더 이상 할 수 있는 치료가 없습니다"라는 선고를 받고 어쩔 수 없이 퇴원하게 되었습니다. 쇼조 씨 부부는 맞벌이였기에 직접 간병하기가 쉽지 않았습니다. 요양 시설 입소도 고려했지만, 상태가 악화하여 병원에 가야 할 상황이 되면 결국 가족이 직접 모셔야 한다는 설명을 들었습니다. 시설에서 그런 상황까지 맡아 주지 않는다고 하면서 말입니다.

그렇다면 차라리 익숙한 집에서 돌보는 편이 낫겠다고 부부는 생각했습니다. 집은 고후 분지의 기슭에 있었습니다. 가마나시 강*을 건너면 야쓰가타케 산**이 솟아 있고 멀리 미노부 산***도 한눈에 보이는 아름다운 곳이었습니다. 그는 일을 그만두고 간병을 맡기로 했고, 아내는 낮에는 일하고 퇴근 후 간병을 돕기로 했습니다.

그는 정성을 다해 아버지를 돌봤습니다. 목욕을 시키고 용변도 처리해 드렸습니다. 그런데도 그는 "제가 할 수 있는 일이 사실 거의 없습니다"라고 겸손하게 말했습니다. 조금씩 죽음을 향해 가는 아버지를 지켜보며 죽음이라는 것을 생각하게 되었고, 떨쳐내려 해도 불안은 점점 커졌다고 합니다.

집에서 마지막을 놀보려면 많은 이들의 협력이 필요합니다. 의사, 간호사, 케어 매니저, 데이서비스 관계자, 그리고 가족이 한자리에 모여 환자의 생명을 어떻게 지탱할지 논의하는 '돌봄 회의'가 열렸습니다.

아버님은 이미 바깥출입조차 힘겨운 상태였고 보통 이

---

*   야마나시현 서부를 남쪽으로 흐르는 강
**   나가노현과 야마나시현과의 경계에 있는 화산군
***   야마나시현 미나미코마군 미노부정에 있는 해발 1,153미터의 산

런 회의에 중증 환자가 직접 참석하는 일은 없습니다. 이번에도 당연히 못 오실 거로 생각했지만 친척 중 누군가가 모시고 왔는지 당일 아버님 본인이 직접 참석하셨습니다.

모두가 함께 위급 상황이 생기면 어떻게 대처할지 확인했습니다. 혼수상태에 빠져도 구급차를 부르는 대신 간호사와 저에게 먼저 연락하기로 했습니다. 제가 강연 등으로 다른 지역에 있을 때는 어느 의사에게 부탁할 것인지까지 하나하나 결정했습니다.

아버님은 암 외에도 치매를 앓고 계셨고 귀도 잘 들리지 않았습니다. 직접 의사를 확인하기 쉽지 않았지만, 쇼조 씨는 아버님의 컨디션이 좋을 때마다 아버님 본인의 마음을 묻곤 했습니다.

"'거듭 여쭤봐서 죄송하지만 몸이 많이 괴로워지면 어떻게 하고 싶으세요? 산소마스크를 쓰고 싶으세요?'라고 여쭤봤습니다. 그러면 늘 그럴 필요 없다고 말씀하세요."

회의하는 동안 아버님은 반쯤 잠든 상태였기에 우리가 무슨 이야기를 하는지 전혀 모르실 거라고 짐작했습니다.

긴 회의가 드디어 끝나고 간호사가 무심코 "좋은 방향으로 정리되었네요"라고 말을 건네자 아버님이 눈물을 흘렸습니다. 그 자리에 있던 모두가 말을 잃었습니다. 환자 본인을 둘러싸고 들리지 않을 것이라고 여기며 '임종까지 어떻게 돌볼 것인가'를 논의하고 있었던 것입니다. 본인에게 차마 전하기 어려운 조심스러운 이야기도 오갔기에 어디까지 들으셨을까 하며 놀라고 있는데 아버님이 입을 열었습니다.

"고마워요. 그저 편안하게, 잘 부탁드립니다."

마음에 깊이 스며드는, 참으로 귀한 표현이라고 생각했습니다. 쉽게 발하기도 듣기도 어려운 말입니다. 자신이 이제 어디로 향하는지 알고 모든 것을 이 사람들에게 맡겨도 괜찮다고 받아들인다는 의미이기 때문입니다. 관련된 모든 이가 아버님의 생명과 진지하게 마주했기 때문에 가능했습니다.

정말 신기한 일입니다. 귀가 들리지 않아도 마음은 알 수 있습니다. 여기 모인 이들이 자신을 지탱해 줄 것이라는 사실을 잘 알고 계셨습니다.

쇼조 씨에게는 임종 직전에 나타날 수 있는 '하악下顎 호흡'*에 대해 미리 설명해 드렸습니다. 금붕어가 물 밖에서 입을 뻐끔거리는 듯한 호흡으로 죽음이 임박했음을 알리는 신호입니다. 다만 사람마다 그 상태가 짧기도, 길기도 합니다.

어느 날 오후 3시경, 그때까지 안정되어 있던 상태가 급변했습니다. 뻐끔뻐끔, 아주 짧은 순간이었습니다. 쇼조 씨가 아차 하는 순간, 아버님의 마지막 숨이 그렇게 지나갔습니다.

제가 도착했을 때 그는 후련해 보이는 표정을 하고 있었습니다. 물론 슬픔은 있었겠지만 잘 돌봐 드렸다는 성취감과 만족감도 함께 느껴졌습니다.

아버님은 자신의 마지막을 훌륭하게 아들에게 보여주셨습니다. 아들 부부 또한 끝까지 정성껏 간병했습니다. 저는 "편안히 가셨습니다. 모두 정말 수고하셨습니다"라고 말씀드리며 고개를 숙였습니다.

*　　하악(아랫턱)을 움직여서 들이마시는 호흡. 중증질환 말기, 의식장애가 있을 때 나타나고 임상적으로 사망 직전을 의미하는 상태

가족을 집에서 간병한다고 해서 반드시 마지막 순간을 지켜볼 수 있는 것은 아닙니다. 아침에 눈을 떠보니 이미 숨을 쉬지 않는 일도 있습니다. 그렇게 되면 기껏 집에서 모셨음에도 임종을 함께하지 못했다는 회한이 남을 수 있습니다. 쇼조 씨 역시 내심 우려했던 바였으나, 아버님은 자신의 마지막 모습을 또렷이 보여주셨습니다.

"다행입니다. 화장실에 다녀오는 사이에 돌아가시지 않을까 걱정했는데 마지막을 지켜볼 수 있었어요. 83세까지 살아 주셨어요. 쓸쓸하긴 하지만 늙고 시들어가는 것이 사연스러운 일이라는 걸 깨달았습니다. 아버지가 주신 마지막 선물 같아요. 평범하게 아침에 일어나 '잘 잤어?'라고 말할 수 있는 것, 밥을 먹을 수 있는 것. 아무것도 아닌 것 같지만 얼마나 행복한 일인지 가르쳐 주셨어요."

가까운 사람의 죽음은 인생에서 몇 번 오지 않는 큰 슬픔입니다. 그러나 동시에 무엇과도 바꿀 수 없는 가르침을 남깁니다. 살아간다는 것이 무엇인지, 우리의 인생을 가치 있게 만드는 것이 무엇인지. 말로 전하기 어려운 것을, 자신의 죽어가는 모습을 통해 가르쳐 주는 것입니다.

그는 아버님이 돌아가신 뒤, 유해를 집에서 이삼일 정도 모시겠다고 말했습니다.

"아버지는 마지막까지 당신 생각대로 사셨다고 생각합니다. 그래도 여기 조금 더 머물고 싶으실 것 같아서요."

그 말에는 돌봐 드렸다는 성취감과 아버지에 대한 감사, 마지막 가르침을 잘 받아들였다는 자각 그리고 여전히 남아 있는 쓸쓸함이 묻어났습니다.

간병을 시작할 때 자신이 할 수 있는 일이 거의 없다고 말하던 그는, 임종을 지켜보며 몰라보게 성장해 있었습니다. 한 인간으로서의 윤곽이 한층 뚜렷해졌다는 인상을 받았습니다. 아내 역시 마찬가지였습니다. 원래도 사이좋은 부부였지만 관계가 더욱 깊어진 듯했습니다.

부부로 오랜 시간을 함께하다 보면 어느새 그저 한집에 살고 있을 뿐이라는 느낌이 들고 지나치게 익숙해져 긴장감이 사라지기도 합니다. 그러나 큰 고비를 함께 넘고 나면 각자 성장한 두 사람이 다시 마주하게 됩니다. 부모의 간병은 분명 힘겨운 일이지만 두 사람을 다시 잇는 동력이 되기도 합니다. 그 사실을 안다면 간병은 마냥 두려운 일만은 아닐 것입니다.

비상금을 돌려받아

마지막까지 인생을 만끽한

가즈오 씨

키 180센티미터, 검은 터틀넥에 짧은 회색 머리가 잘 어울리는 잘생긴 가즈오 씨. 학생 시절에는 '반장'이라 불리며 핸드볼로 전국체전에 출전하기도 했습니다.

일거리를 찾아 나간 도시에서 동갑내기 보육교사를 만나 스물두 살에 결혼했습니다. 키 150센티미터, 꼭 안으면 품 안에 쏙 들어올 만큼 귀여운 여성이었습니다.

두 사람은 그의 고향으로 돌아와 가업인 목수 일을 이어받아 열심히 일했습니다. 자식은 없었지만 주변에 유쾌한 친구들도 많았고, 누구보다 소중한 아내와 둘이 보내는 생활은 행복한 나날이었습니다.

그러나 56세라는 젊은 나이에 암이 발견됩니다. 남은 시간이 3개월이라는 선고를 받고 항암 치료도 받았지만 효과는 거의 없었습니다. 병원에 "너무 괴로워서 더 이상 못 하겠습니다"라고 말하자 퇴원을 권유받았고 결국 갈 곳을 잃었습니다.

저를 만났을 때 그는 이미 마음의 준비를 마친 듯 죽음 앞에 당당했고 두려움을 극복한 듯했습니다. 하지만 혼자 남게 될 아내만큼은 무엇보다 걱정되었습니다.

"제가 없으면 아내 혼자 어떻게 살겠습니까. 선생님, 제 아내를 부탁드립니다."

아내 역시 저에게 호소했습니다.

"남편이 떠나고 나면 어떻게 살아야 할지 모르겠어요. 제정신으로 못 살 것 같아요."

곁에 남편이 있었지만 저는 힘주어 말했습니다.

"괜찮습니다. 여자는 강해요! 반드시 이겨낼 수 있어요."

배우자를 떠나보낸 뒤 홀로 남겨진 이들을 곁에서 수도 없이 지켜본 저는 잘 알고 있습니다. 아내를 잃은 남편은 털썩 무너지기도 하지만 여성은 강인합니다.

그는 아내가 곤란해지지 않도록 집안일이며 예금, 저축 등 주변을 하나하나 정리했습니다. 그리고 숨겨두었던 250만 엔의 비상금을 아내에게 건넸습니다.

"장례식은 이걸로 치러줘. 쓸쓸하겠지만 당신은 아직 앞날이 길어. 친척들에게는 미리 말해 두었으니 1주기가 지나면 고향에 돌아가 남은 인생을 즐겁게 살았으면 좋겠어."

그렇게 장례 이후의 절차까지 서둘러 준비했지만 이별의 순간은 생각보다 더디게 다가왔습니다. 병세는 오히려 안정되었고 컨디션이 좋을 때는 잠깐씩이나마 일도 할 수 있었습니다. 폐암이었지만 "담배는 끊기 싫어"라며 담배를 입에 물고 일하기도 했습니다.

그러다 보니 본래의 성품이 되살아났습니다. 일을 마친 오후에는 파친코도 하고 친구들과 좋아하는 술도 나누고 싶었습니다. 하지만 안타깝게도 돈은 모두 아내에게 넘겨 준 상태였습니다.

그는 결국 참지 못하고 말했습니다.

"여보, 비상금 좀 돌려줘."

아내는 미소 지으며 백만 엔을 내주었습니다.

하지만 이별의 시간은 자꾸만 미뤄졌습니다. 얼마 지나지 않아 돌려받은 돈도 바닥이 났습니다. 석 달이라는 예상과 달리 1년 가까이 더 살면서 아내의 앞날도 준비할 수 있었습니다. 일도, 파친코도, 술도 실컷 즐겼습니다. 그러자 이번에는 체면 차릴 것 없이 마지막 소원을 말했습니다.

"남은 비상금도 돌려줘."

정말 회복되는 건 아닐까, 기적이 일어나는 건 아닐까 우리도 기대했을 정도입니다. 그러나 암은 사라지지 않았습니다. 어느 순간부터 눈에 띄게 야위어 가기 시작했고, 의학적으로 경계를 넘은 상태라는 것을 알 수 있었습니다. 이후로는 점점 상태가 나빠져 의심할 바 없이 마지막을 향해 가고 있었습니다.

돌아가시기 이틀 전에도 좋아하는 파친코에 갔다가 저녁에 귀가했습니다. 아내가 "어땠어?"라고 묻자 "그냥 그렇지"라며 히죽 웃습니다. 만 엔을 땄다고 했습니다.

이튿날 저녁에는 친구와 잡담을 나눴고, 밤에는 목욕하

고 머리를 감고 수염도 깎았습니다.

그는 늘 직접 차를 운전해 우리 병원 외래에 오곤 했습니다. 그날도 "오늘은 나이토 선생님 만나는 날이니까"라며 깨끗하게 샤워하고 새 속옷으로 갈아입었습니다. 잔멸치와 무로 만든 반찬에 밥을 먹고, 이제 가자고 나서는 찰나 갑자기 "윽" 하고 숨이 막혔습니다. 아내가 급히 전화했지만, 우리가 도착했을 때는 이미 마지막 숨을 헐떡이고 있었습니다.

'반장'의 집에는 동창들이 많이 모였습니다.

"야, 가즈오!"

"네가 제일 먼저 가는 거냐."

"우리 여기 있다!"

친구들이 얼굴을 어루만지며 마지막 인사를 건네자, 그는 조용히 숨을 거두었습니다.

장례식 내내 꿋꿋하던 아내도 상황이 정리되자 침울해졌습니다. 장롱, 다다미, 이불, 기둥, 옷, 신발, 술잔……. 집 안 곳곳에 추억이 스며 있어 자연스레 즐거웠던 시절이 떠올랐습니다. 자녀 없이 두 사람이 거의 한 몸처럼 살아왔기에 그만큼 슬픔도 컸을 것입니다.

"슬픔이 옅어질 것 같지 않아요. 선생님은 괜찮아진다고 하셨지만 거짓말 같아요. 너무 슬퍼서 매일 밤 울다가 잠들어요. 언제쯤 이 슬픔이 사라질까요?"

슬픔에서 벗어나는 방법은 하나뿐입니다.

"우세요. 실컷 우세요. 참지 마세요. 무작정 울다 보면 지쳐서 더 이상 울 수 없게 될 거예요. 눈물이 마를 때까지 우세요."

그녀는 울고 또 울며 지냈고, 두 달이 지난 뒤 제가 물었습니다.

"이제 좀 괜찮으세요?"

"남편에게 미안해요. 이제 울지 않는 밤도 생겼어요."

그리고 한 달이 더 지났습니다.

"선생님, 이상해요. 울지 않는 날이 더 많아졌어요."

또 한 해가 지나자, 그녀는 웃으며 말했습니다.

"선생님, 근처 들판에서 심호흡할 수 있게 됐어요. 오랜만에 마음이 평온해졌습니다."

남편의 권유와는 달리 아내는 추억이 가득한 집에 계속 살았습니다. 그리고 남편이 떠난 지 3년이 지나자 "이제 제가 자란 곳으로 돌아가야겠어요"라며 고향으로 돌아갔습니다. 얼마 지나지 않아 즐겁게 일하고 있다는 반가운 소식이 전해졌습니다.

가까운 사람이 세상을 떠나면 큰 슬픔에 휩싸이게 됩니다. 하지만 시간이 흐를수록 그 슬픔의 빛깔은 서서히 변해갑니다. 그런 것을 상상하기만 해도 '망각'에 대한 죄책감이나 양심의 가책으로 괴로워하는 사람이 있습니다. '내가 너무 냉정한 건 아닐까?' '그 사람을 잊고 웃고 있다니' 하고 말입니다.

하지만 그것은 잊는 것이 아닙니다. 소중한 사람이 내 안에 깊이 뿌리내려 애써 떠올리지 않아도 될 만큼 나의 일부가 되었다는 뜻입니다.

가즈오 씨의 아내도 남편을 떠올리지만 이제 울지 않게 되었다며 죄책감을 느꼈습니다. 그러나 그것이 건강한 마음입니다. 추억은 승화되어 인생의 새로운 시간을 물들입니다. 그래서 저는 말했습니다.

"그건 잊은 게 아니에요. 지금도 함께 살아가고 있는 거랍니다."

그러기 위해서는 울고, 울고, 또 울면 됩니다. 슬픔을 억누르지 말고 발산해야 합니다. 가능하다면 들어줄 만한 친구나 가족에게 털어놓으시면 됩니다. 부담을 준다거나 부끄럽다고 생각할 필요는 없습니다. 한 번 바닥을 딛고 나면 도약해서 조금씩 떠오를 수 있습니다.

소중한 사람을 잃고 흘리는 눈물에는 자기 연민의 의미도 있습니다. 이는 마음이 잠시 벙든 상태라고도 할 수 있습니다. 떠난 이를 그리는 슬픔과는 조금 다른 면이 있습니다. 그러니 슬픔을 극복하고 다시 웃게 되는 것을 미안해할 필요가 없습니다. '그 사람은 내 웃는 얼굴을 좋아했어'라고 생각하면 됩니다.

인생을 끝까지 잘 살아가는 것은 남겨진 사람의 책임입니다. 남편이 떠난 것을 탓하며 남은 인생을 슬픔에 잠겨 지낸다면, 그것은 정신적인 자해나 다름없습니다. 함께했던 행복한 시간마저 부정하는 일입니다. 남은 사람은 자신의 인생을 포기해서는 안 됩니다.

저는 아내를 잃은 남편에게 어느 정도 시간이 지나면, "새로운 인연이 생기면 결혼하셔도 괜찮아요"라고 말하곤 합니다. 여성은 혼자가 되어도 꿋꿋이 살아가는 분들이 많지만, 남성은 자기 자신을 포기하는 경우가 있습니다. 생활과 차림새를 돌보지 않게 되어 한순간에 늙거나 병이 생기기도 합니다.

예전에는 아내를 잃은 지 얼마 지나지 않아 곧 재혼하는 남자를 보면 "남자란 정말…" 하며 친구들과 흉을 보기도 했습니다. 하지만 지금은 "당신이 행복해지는 걸 부인도 바랄 겁니다. 괜찮아요"라고 말할 수 있는 어른이 되었습니다. 세월이 흐르며 저도 철이 든 것 같습니다.

할머니의 졸업장을 품에 안고
새로운 꿈을 꾸는
유스케

저에게는 초등학생 제자가 한 명 있습니다. 이름은 유스케입니다. 엄마, 할머니와 함께 세 식구가 오순도순 살고 있었습니다. 할머니를 무척 좋아해서 늘 곁에 꼭 붙어 지냈다고 합니다.

저를 만났을 때 할머니는 이미 중증 암 상태였습니다. 어머니는 재택 임종 간호에 관해 공부하고 있었고, 저와 전문 간호사의 역할도 알고 있었습니다. 할아버지 때는 집에서 임종을 지키지 못했지만, 할머니가 "앞으로 한 달 남았다"라는 말을 들었을 때 "집에 가고 싶다"라고 하셔서 결심했다고 합니다.

하지만 아이와 어머니, 단둘이서 간병을 감당하기란 쉬운 일이 아닙니다. 우리는 단기 입소 시설을 병행하는 등 가능한 한 부담을 덜어줄 방법을 고민했습니다.

단기 입소가 가능한 시설 중에는 솔직히 수준 이하인 곳도 있습니다. 저는 "직접 한번 보자"라며 간호사와 함께 가족인 척하고 다녀왔습니다. 접수처 안쪽에서는 금목걸이를 짤랑거리며 걸친 사람이 담배를 뻑뻑 피우고 있었습니다. 지역 관계자쯤 되는 사람으로 보였습니다.

할머니의 방에 가보니, 할머니는 수액을 맞고 계셨고 이미 말씀을 나누기 어려운 상태였습니다. 머리맡에는 싸구려 라디오가 매달려 꽤꽥대며 큰 소리를 내고 있었습니다. 담당 간병인에게 "왜 이렇게 라디오를 틀어 놓으셨어요?"라고 물으니 "음악을 좋아하신다고 해서요"라고 답했습니다.

"이건 음악이 아니라 잡음이에요."

"그래도 자극이 있는 게 낫지 않겠어요?"

그 말에 놀란 저는 당장 라디오를 껐습니다.

할머니의 병세는 점점 나빠져 의사소통조차 힘들어졌습니다. 하지만 신기하게도 손자의 목소리에는 종종 반응했다고 합니다. 가까운 사람의 목소리는 떠나기 직전까지도 들리는 모양입니다.

하루는 혼수상태에 빠진 할머니의 침대 주위를 친척들이 둘러싸고 장례식에 관해 의논했다고 합니다.

"어느 절에 모시는 게 좋을까?"

"가족장으로 하는 게 낫겠지?"

그러자 자는 줄 알았던 할머니가 갑자기 말했습니다.

"나한테 흰 천을 덮는다는 소리는 하지도 마라."

임종이 가까워졌을 때 어머니는 "마지막 모습을 보여주고 싶다"라며 아이를 학교에서 조퇴시켰습니다.

"할머니는 이제 천국에 가셔. 유스케와 이별하는 거야."

어머니의 말을 듣자마자 아이는 울음을 터뜨리며 감정을 주체하지 못했습니다. 저는 아이의 눈을 바라보며 말했습니다.

"할머니 표정이 부드러워 보이지? 저세상으로 가시면

지금보다 더 편안해지실 거야. 할머니가 가시는 곳은 아주 좋은 곳이란다. 예전처럼 이야기를 나눌 수는 없지만, 할머니는 천국에서 늘 유스케를 지켜보고 계실 거야.”

그러자 아이의 표정이 달라지고 결연한 태도를 보였습니다. 손자의 눈물이 멎은 것을 확인이라도 한 듯 곧 할머니는 숨을 거두셨습니다.

저의 일은 사망진단서를 작성해 가족에게 전달하는 것으로 마무리됩니다. 사망진단서에는 어디에서 사망했는지를 표시하는 항목이 있고, 병원, 진료소, 요양 시설 등이 나열되어 있습니다. 저는 ‘자택’이라는 글자에 동그라미를 그리며 만감이 교차했습니다. 작성한 진단서는 가족 중 한 사람에게 전달하게 되어 있어, 유스케에게 건넸습니다.

“이건 할머니가 인생의 마지막 시련을 잘 이겨내고 모두에게 작별 인사를 마쳤다는 증명서란다. 유스케도 학교에서 선배들의 졸업식을 본 적 있지?”

“네.”

“그때 선배들이 교장 선생님께 졸업장을 받지?”

“네, 받아요.”

“이건 할머니 인생의 졸업장이야. 이제 할머니는 받으실 수 없으니, 네가 가족 대표로 받아줄래?”

“이게 할머니의 졸업장이에요?”

“그래. 할머니는 너와 행복하게 살다가 이제 천국으로 가셨어. 하지만 너와 할머니의 추억은 영원히 사라지지 않아.”

유스케는 가슴을 펴고, 진지한 얼굴로 “고맙습니다”라고 말하며 받아 들었습니다.

우리의 일은 이로써 끝났습니다. “이제 가보겠습니다” 하고 차에 오르자 아이가 달려왔습니다.

“이제 안 오시는 거예요? 이제 못 보는 거예요?”

아이의 말이 애틋하고 슬퍼서 가슴이 찡해졌습니다.

“할머니 진료는 끝났지만, 다른 곳에서 또 만나자.”

그날 이후 유스케는 저에게 편지를 보내기 시작했습니다. 어머니가 “선생님께 편지 보내자”라고 제안했고, 여러 번 고쳐가며 정성껏 썼다고 알려 주셨습니다.

편지에는 요즘 좋아하는 것, 학교에서 있었던 일 등 소소한 이야기들이 담겨 있었습니다. 그러다 언제부턴가 저를 '스승님'이라 부르기 시작했습니다. "저, 나중에 나이토 선생님과 함께 일하고 싶어요"라고 말입니다. 허허, 제가 정말 오래 살아야겠습니다.

어느 날, 유스케가 어머니에게 걱정을 털어놓았다고 합니다. "나이토 선생님이 일찍 돌아가시면 어쩌지?" 같은 말인가 넘겨짚었는데, 그게 아니었습니다.

"나이토 선생님 동료들은 다 여자잖아. 나는 남자인데 나도 고용해 주실까?"

우리가 하는 일은 성별과 상관없으니 괜찮다고 대답해 주셨다고 합니다.

또 한번은 유스케가 제 강연회에 오겠다고 했습니다. 그래서 어머니께 "작은 역할을 맡겨도 될까요?"라고 여쭈었더니 흔쾌히 허락해 주셨습니다. 강연 도중에 생명에 관한 그림책을 읽어주는 역할이었습니다. 유스케는 여러 번 연습해서, 울음이 터질 듯이 긴장하면서도 훌륭하게 해냈습니다.

임종의 현장에서 저는 부모님의 동의하에 아이가 생이 다하는 마지막 순간을 직접 느낄 수 있도록 합니다.

"봐, 할머니 몸이 조금씩 차가워지고 있지?"

"만져 볼래?"

"귀에 대고 말을 걸어 봐."

사람의 몸속에는 에너지가 있어 피를 돌게 하고 몸을 움직이게 합니다. '마음'도 있어 그것으로 말하고 화내고 웃습니다. 하지만 그 엔진이 서서히 멈춥니다. 이제 말도 못 하고 눈도 보이지 않지만, 네가 거기 있다는 건 알 수 있고 마지막까지 귀는 들리니까 다정하게 말을 걸어 드리라고 말합니다.

"할머니는 이제 평안한 세상으로 가실 거야. 고맙다고 말해 보렴. 그 목소리가 할머니에게 귀한 선물이 될 거야."

어른이 제대로 설명해 주면 아이는 생각보다 의연하게 받아들입니다. 현대 사회에서는 이런 경험이 점점 사라지고 있지만 본래 겪어야 할 삶의 과정입니다. 어른이 아이의 눈을 가려서는 안 됩니다. 물론 교통사고처럼 처참

한 현장은 배려가 필요하겠지만, 평온하게 맞이하는 죽음이라면 지켜보게 하는 편이 좋다고 생각합니다. 마지막 순간뿐만 아니라 그 과정까지 포함해 '죽음이란 이런 것이다' 하고 보여주는 것입니다. 부모가 죽음을 두려워하지 않는다면 아이와 그 마지막을 함께해도 괜찮습니다.

개구쟁이였던 유스케는 할머니의 임종을 지켜보며 몰라보게 의젓해졌습니다. 원래도 활기차고 긍정적이던 아이가, 더욱 생기 넘치고 듬직해졌습니다. 어른에게 이유 없이 반항하지 않게 되었고 스스로 공부하기 시작했다고 합니다. 가까운 사람의 죽음을 직접 보는 경험이 그런 힘을 주는지도 모릅니다.

물론 여전히 아이다운 면도 남아 있어서 다행입니다. 얼마 전 "요즘은 뭐가 제일 좋아?"라고 물었더니, 이렇게 대답했습니다.

"집 앞에 구멍 파는 거요."

남편의 품에서 마지막 사랑을
확인하고 평온에 든
마키 씨

처음 만났을 때, 마키 씨는 자기 집 침대 위에서 몸을 웅크린 채 신음하고 있었습니다. 조금만 움직여도 "아파!" 하고 비명을 지를 정도라 배를 만지는 것조차 불가능했습니다. 근래 보기 드물 만큼 상태가 위중한 환자였습니다. 통증이 너무 심해 정신적으로도 완전히 무너져 있었습니다.

병원의 처방을 확인해 보니 완화의료에 필요한 모든 약이 들어 있었습니다. 보통 이 정도면 통증이 가라앉아야 하는데 효과가 없다면 어떻게 해야 할까, 순간 막막해졌습니다. 첫 만남부터 움직일 수 없을 정도의 통증이라니.

‘생각할 수 있는 약은 이미 전부 나왔는데……’

남편은 “선생님 어떻게든 해주세요”라며 간절히 호소했습니다. 이 상황에서 제가 할 수 있는 최선은 무엇일지 고민했습니다.

만질 수 없다면 물어보는 수밖에 없습니다.

“어떨 때 가장 아프세요? 이 약 중에서 어느 게 가장 효과가 있나요?”

그녀는 얼굴을 찡그리며 “이 약을 먹으면 좀 나아져요”라고 일러 주었습니다. 다행히 같은 계통의 좌약이 있어 “그럼 이 약을 늘려 봅시다. 좌약으로 해보죠”라고 결정했습니다.

하지만 통증 때문에 돌아누울 수조차 없었습니다.

“어떻게 아프신가요?”

“이나바의 흰토끼* 같아요.”

살가죽이 벗겨진 채 바다에 던져진 듯한 고통이라는 뜻이었습니다. 그래도 어떻게든 몸을 움직여 좌약을 넣었습니다.

* 일본의 신화에 나오는 가죽이 벗겨진 토끼

그녀를 만나기 전, 남편이 먼저 저를 찾아와 절절한 사연을 전해주었습니다.

여러 번 병원에 입원했지만 진통제는 듣지 않았고, 병원을 전전한 끝에 더 이상 입원하지 않기로 했다고 합니다. 어린 외동딸이 있는 집에서 좋아하는 풍경을 보며 지내고 싶어서 돌아왔지만 현실은 고통뿐이었습니다. 풍경을 즐길 여유 따위는 없었습니다. 전날 밤에는 "이렇게 아프면 차라리 죽고 싶다"라고 외칠 정도였고, 그 모습을 본 딸은 울고 남편도 어찌할 바 몰라 함께 흐느꼈습니다. 원인 불명의 암이 전이된 상태라 이해도 되지 않고, 혹시 나을지도 모른다는 희망도 섞인 혼란 속에서 병세는 계속 악화되었습니다. 병원이 안 되면 다른 방법이라도 찾고 싶어 실력 있는 재활치료사에게 의뢰했지만 마찬가지로 효과가 없었습니다. 결국 재활치료사가 전문 의료진의 진료를 권하며 저를 소개해 주었다는 이야기였습니다.

좌약을 넣은 지 15분. 다행히 통증이 서서히 가라앉기 시작했습니다.

"어? 움직일 수 있네"라며 몸을 똑바로 펴고 누울 수 있게 되었습니다. 이마저도 안 되었다면 달리 손 쓸 도리가 없었고 그저 사과하는 수밖에 없었습니다. 하지만 평온을 되찾은 덕분에 단번에 신뢰를 쌓을 수 있었습니다.

저로서는 이미 기적이 일어났다고 생각했습니다. 웅크린 채 꼼짝 못 하던 사람이 휠체어를 타고 식탁까지 갈 수 있게 되었으니까요. 그러나 이런 제 안도와는 달리 그녀는 더 큰 기적을 바라고 있었습니다.

"더 나아지고 싶어요."

"아이에게 한 번 더 요리해 주고 싶어요."

가족도 마찬가지였습니다.

"기적이 일어나면 좋겠어요."

"나을 가능성은 없을까요. 제발 살아줬으면 좋겠어요."

제가 드릴 수 있는 기적은 여기까지라고 남편에게 말씀드릴 수밖에 없었습니다. 하지만 그녀는 아직 50대였습니다. 받아들이기 어려웠을 것입니다. 마음속으로는 불가능하다는 걸 알고 있었겠지만, 눈앞에서 웃으며 함께 밥을 먹고 있는 사람의 생명을 포기할 수는 없습니다.

"부인의 병이 상당히 진행된 상태인 건 알고 계시죠?"

"압니다. 그래도, 어떻게든 안 될까요?"

그 후의 방문 진료는 우리에게도 시련처럼 느껴졌습니다. 간호사들도 재활치료사도 최선을 다했고, 모두 부부의 마음을 지탱하려 애썼습니다. 하지만 우리의 노력만으로는 역부족이었습니다. 의사는 환자의 호소에 부응해 의료적 조치를 해주고 싶은 강한 의지가 있습니다. 도와줄 방법이 없다는 무력감에 너무도 괴로웠습니다.

의사의 눈에는 이별의 순간이 머지 않았음이 보입니다. 하지만 이런 경우 마지막을 고하는 일은 의사의 몫이 아닙니다. 아내를 붙잡고 싶어 하는 남편이 그 손을 놓아주어야 합니다.

이 세상에 미련을 남기고 고통스러워하는 아내를 가까이서 지켜보는 일도 힘들었을 것입니다. 아내는 매일 "낫고 싶다"라고 소망하고, 남편은 "함께 힘내자"라며 손을 잡습니다. 아침이 올 때마다 "오늘도 무사히 넘겼네"라고 말하며 하루를 버티는 이들에게, 이별이라는 말을 꺼낼 수는 없었습니다.

하지만 마침내 이별의 시간이 다가왔을 때, 저는 남편

에게 전했습니다.

"이제 편히 가도 된다고 말해줄 수 있는 사람은, 오직 당신뿐입니다."

남편은 차마 말할 수 없었는지 그저 침묵했습니다. 그리고 이틀 뒤, 그녀는 세상을 떠났습니다.

마지막 밤, 간호사가 남편에게 권했다고 합니다.

"오늘 밤은 같이 누워서 주무세요. 뒤에서 꼭 안아주세요."

그녀는 몹시 야위었고 남편도 체구가 작았습니다. 환자용 침대에서도 둘이 힘께 누울 수 있었습니다. 두 사람은 손을 잡고 함께 잠들었습니다. 그런데 한밤중 남편이 눈을 떠보니 남편은 어느새 자신의 침대에 누워 있었습니다. 허둥지둥 아내 곁으로 갔을 때는 이미 먼 길을 떠난 뒤였습니다.

그날 밤 그가 작별 인사를 했는지는 알 수 없습니다. 그러나 하지 못했더라도 품 안의 그녀에게는 전해졌을 것입니다.

그는 간병에 지쳐 몽롱한 상태로 침대에 돌아왔다고 생각하겠지만, 저는 그런 것이 아니라고 생각했습니다.

"그건 아내의 사랑이었을지도 모릅니다. 사랑하는 당신과 손을 잡고 있었다면 아내는 끝내 그 손을 놓지 못했을 테니까요. 제대로 작별하기 위해서 등을 밀어준 겁니다. 마지막 순간을 함께하지 못했다고 자책하지 마세요. 그것이 두 분만의 사랑의 모습입니다."

엄마가 계속 누워 지냈기에 어린 딸도 엄마가 낫지 않을 것을 알고 있었던 모양입니다. 아이는 엄마가 돌아가시자 한동안 계속 울었습니다.

하지만 "엄마는 이제 천국에 갔단다"라고 말해주자, 눈물을 멈추고 문득 무언가 떠오른 듯 정원으로 나갔습니다. 엄마가 생전에 가장 좋아하던 곳이었습니다. 아이는 꽃을 꺾어 예쁜 꽃다발을 만들었고, 엄마의 깍지 낀 손 위에 살포시 올려놓았습니다. 저는 이때까지 그렇게 아름다운 꽃다발을 본 적이 없었습니다.

아무리 죽음을 각오해도 살고 싶다는 마음은 절대로 사라지지 않습니다. '제대로 된 작별'이나 '후회 없는 마지막'에 대해 이야기해 왔지만, 그렇다고 희망까지 놓아버릴 필요는 없습니다. 즐거움과 기쁨, 슬픔과 고통, 이 모두가 '아직 살아 있다'라는 대전제가 있기에 가능한 것입니다. 미래를 포기해 버리면 우리에게 남는 것은 아무것도 없습니다.

특히 암 환자의 경우 곧장 죽음으로 향하기만 하는 게 아니라, 정말 병이 다 나은 듯 보이는 날도 있습니다. 그런 날은 환자와 가족 모두에게 커다란 위안이 됩니다. 피로와 슬픔을 잠시나마 잊을 수 있다는 사실만으로도 마음은 회복됩니다.

그래서 저는 환자와 가족에게 "낫지 않는다는 건 알고 계시죠?"라고 확인은 하지만 그 이상의 이해를 강요하지 않습니다. 마음 한구석에 희망이 남아 있어도 괜찮습니다. 만분의 일의 기적이 일어날 수도 있습니다. 실제로 말기 환자가 기적적으로 회복된 사례는 세계 곳곳에서 보고됩니다.

그녀 역시 마지막 순간까지 살고 싶어 했습니다. 저는 그래도 괜찮다고 생각합니다. 제1장에서 죽어가는 이와 지켜보는 이가 서로의 생각에서 벗어나지 못하면 지나친 의존 관계가 된다고 말씀드렸지만, 이 경우는 조금 다릅니다. 그녀의 '살고 싶다'라는 의지는 남편과 딸을 향한 사랑에 뿌리를 두고 있었기 때문입니다. 이 세상에 대한 미련이 아니라 사랑하는 가족과 헤어지고 싶지 않다는 마음이었습니다. 그래서 자신의 생명을 끝까지 붙들고 있었던 것입니다. 그 마음이야말로 그녀가 치열하고 충실하게 살아온 삶의 반영이었다고 생각합니다.

보내는 이들의 진심도 다르지 않습니다. 울고, 매달리고, "가지 마!"라고 말해도 됩니다. 죽어가는 사람에 대한 사랑을 잃지 않는다면 어느 순간 손을 놓아줄 수 있는 때가 찾아옵니다.

그녀의 남편은 죽기 직전까지 아내의 손을 잡고 꼭 껴안고 있었습니다. 도저히 포기할 수 없었던 그 간절한 마음이 아내에게 사랑으로 전달되었을 것입니다. 그래서 그

녀도 마지막에 남편의 등을 살며시 밀어주며 떠날 수 있

었던 것이 아닐까요.

녀도 마지막에 남편의 등을 살며시 밀어주며 떠날 수 있

죽음의 끝에서 마주하는 제로 지점의 평화

예전에 등산가인 도다카 마사후미 씨에게 들은 이야기입니다. 그는 해발 8,000미터가 넘는 히말라야 봉우리를 산소통 없이 등정했습니다. 특히 K2봉(해발 8,611미터) 남동릉을 단독 무산소로 오른 것은 경이로운 업적으로 평가받았습니다.

"7,000미터까지 올라가면 몸 안의 90조 개 세포가 한순간에 변화합니다. 생존에 필요한 기능에 체내 에너지가 집중되죠. 그러면 그때까지 들리던 모든 소리가 사라지는 느낌이 듭니다."

오직 자신만 존재하는 또 다른 차원의 세계, '제로 지점'. 누군가는 이를 '데스 존(죽음의 지대)'이라 부르기도 합니다.

"제로 지점을 넘어서자 불안이 사라지고 모든 것을 신

뢰할 수 있는 충만한 마음에 휩싸였습니다. 혼자였지만 아무것도 두렵지 않았고 그저 한 걸음씩 나아갈 수 있었습니다. 과거도 미래도 없이 오직 지금만이 존재하는 영원한 시간. 모든 것을 신뢰할 수 있다는 사실에 행복감이 느껴졌습니다."

극한 상황에서 우리 몸은 연수(숨뇌) 등 생존에 최소한으로 필요한 장기에 산소를 우선 공급합니다. 이 과정에서 인간의 번뇌와 욕망이 깎여 나가고, 마지막으로 남는 것이 바로 신뢰감이라는 것입니다.

제 인생의 스승 중 한 분인 스즈키 히데코 수녀님은 임사 체험을 하신 얘기를 들려주셨습니다.

"높은 계단에서 굴러떨어졌습니다. 죽을 뻔한 그 순간 저의 의식이 높은 곳으로 떠올랐습니다. 눈부신 금빛이 가득했고 몸이 새로워지는 느낌이 들었습니다. 형언할 수 없을 정도로 처음 느끼는 행복감이었습니다. 그곳에는 시간이라는 것이 없었고 영원과 무한 속에 있는 듯했습니다. 이 행복이 계속될 것 같은 커다란 만족감을 느꼈습니다. 그리고 눈앞의 빛 자체가 하나의 인격으로 다가왔습니다. 그 빛이 저를 온전히 용서하고 끝까지 사랑해 준다는 걸 깨달았습니다. 무조건적인 사랑을 쏟아붓는 빛의 품 안에서, 저는 절실한 행복을 느꼈습니다. 이제는 돌아가라는 나지막한 음성에 이끌려 저는 다시 현세로 돌아왔습니다.”

두 사람의 경험은 매우 비슷했습니다. 여러 표현이 있겠지만, 이 신비로운 빛의 품에 안기는 것이 어쩌면 ‘죽음’일지도 모릅니다. 죽음의 순간 우리가 온몸으로 맛보는 것은 신뢰, 행복, 만족입니다. 시간이라는 배를 타고 항해하여 도달하는 곳에 죽음이라는 영원한 평화가 우리를 기다리고 있습니다. 그렇게 생각한다면 죽음은 더 이상 두려움의 대상이 아닐지도 모릅니다.

마지막까지 지금을 산다

맛있는 튀김 한 접시로

생의 활기를 되찾은

다다오 씨

다다오 씨는 예순 정도 된 남성으로, 암이 진행되어 식욕도 거의 사라진 상태였습니다. "음식은 무엇을 좋아하세요?"라고 묻자 그는 말했습니다.

"메밀국수와 맛있는 튀김."

그냥 튀김이 아니라 '맛있는 튀김'이라고 말했습니다. 아내는 "제가 요리가 서툴러요. 요리사처럼 바삭하게 튀겨지지 않아요"라며 쓴웃음을 지었습니다.

그는 몹시 야위어 있었고, 한눈에 보기에도 튀김을 먹을 수 있을 것 같지 않았습니다. 그래도 다시 한번 "정말 드시고 싶으세요?"라고 묻자, 망설임 없이 "네"라고 대답했습니다.

그 순간 제 오랜 친구의 얼굴이 머릿속에 떠올랐습니다. 야쓰가타케 산에서 식당을 운영하는 메밀국수 장인인 도다 씨는 튀김도 아주 잘합니다.

"말기 암 환자라 상태가 조금 위중하신데, 괜찮을까요?"

곧장 연락을 드리니 "좋아요. 데려와요" 하는 흔쾌한 승낙이 돌아왔습니다. 덕분에 모두 함께 메밀국수와 맛있는 튀김을 먹으러 가게 되었습니다.

당일 제가 "오늘은 맛있는 튀김을 먹으러 갑니다. 저와 간호사가 동행하니 조금 멀지만 무슨 일이 생겨도 괜찮습니다"라고 말하자 그는 무척 기뻐했습니다. 걷기조차 힘겨웠지만, 아들이 운전하는 차에 올라 다같이 출발했습니다.

누가 봐도 깜짝 놀랄 만큼 바짝 말라서, 그가 병원에 있었다면 종일 천장만 바라보며 지냈을 법한 상태였습니다. 보통의 의사라면 튀김은 소화가 안 된다며 말렸을 겁니다. 하지만 저는 '먹고 싶다' '맛있겠다'라는 마음이 드는 음식이라면 반드시 먹을 수 있다고 말했습니다.

점심시간을 피해 찾아간 덕분에 가게에는 우리뿐이었습니다. 주인장은 근처 산에서 채취한 신선한 산나물로 정말 맛있는 튀김을 만들어 주었습니다. 다다오 씨는 기다란 아스파라거스를 젓가락으로 눈앞에 들어 올리며 환하게 웃었습니다. 그리고 "이렇게나 많이 먹었어?" 싶을 만큼 많은 양의 튀김을 뚝딱 해치웠습니다. 메밀국수도 후루룩 비워내고는 "정말 맛있었어"라고 말한 뒤 그대로 방 한쪽에 누워 잠이 들었습니다.

도다 씨에게 감사 인사를 하려고 주방을 들여다보니 평소보다 일하는 사람이 많았습니다. "오늘은 사람이 많네요"라고 묻는 제 말에, 도다 씨는 근처 연수원 분들과 각별한 친구 사이라며 웃어 보였습니다. 마침 그곳의 수녀님들이 모여 요리 연습을 하는 날이었던 것입니다.

다다오 씨는 코까지 골며 잠들어 일어날 기색이 보이지 않았습니다. 우리가 "메밀국수를 드실 수 있어서 다행이에요"라고 이야기하는데, 수녀님들이 다가왔습니다. 그의 상태와 이곳에 온 사정을 들으신 모양입니다.

"정말 훌륭한 일을 하고 계시네요. 환자분을 위해 평안의 기도를 드려도 될까요."

가족들에게 "수녀님들께서 평안을 비는 기도를 해주시 겠다고 하는데, 어떠신가요?"라고 묻자, 모두가 감사한 마 음으로 고개를 끄덕였습니다.

그렇게 잠든 그를 둘러싸고 모두 손을 맞잡고 기도했습 니다. 조금 지나 그는 눈을 떴지만, 그때는 이미 수녀님들 이 모두 돌아간 뒤였습니다. 옆에서 낄낄대며 웃고 있는 우리를 보며 그는 어리둥절한 표정을 지었습니다.

이제 돌아가려던 참에 그가 뒷주머니에서 장지갑을 꺼 내며 말했습니다.

"선생님, 오늘은 제가 쏠게요."

이 튀김 나들이를 계기로 그는 이후로도 "이거 먹고 싶 어" "저거 먹고 싶어"라고 말하게 되었다고 합니다. 아내 는 "남편 버릇이 나빠졌어요"라며 웃었습니다. 다만 튀김 은 그날 이후로는 다시 먹지 못한 듯합니다.

"오늘은 제가 쏠게요."

그 한마디를 들었을 때 저는 정말 기뻤습니다. 아마 평생토록 잊지 못할 말입니다.

단순히 공짜 밥을 얻어먹어서 좋았다는 뜻이 아닙니다. 무심히 건넨 말 한마디에는 그의 자긍심이 오롯이 담겨 있었습니다. 사회의 일원으로 살아가고 있다는 자각이자 자부심이었습니다. 어떤 동정이나 연민도 필요치 않으며, 한 인간으로서 지금 여기 서 있다는 선언이었습니다. 침대에 누워 자포자기한 것이 아니라는 메시지입니다. 그곳에는 환자와 의사, 죽어가는 이와 지켜보는 이의 관계가 아닌, 인간과 인간 사이의 평등한 교류가 있었습니다.

흔히 죽어가는 사람은 육체적으로 점점 약해져서 곁에 있는 사람의 눈에는 안쓰럽게 보이기 마련입니다. 그러나 눈앞에 있는 그 사람의 의지는 마지막까지 반짝반짝 빛나며 주변 사람들과 계속 교감합니다. 제대로 대화를 나누고 우리를 즐겁게 하기도 하고 깨달음을 주기도 합니다. 그저 걱정만 끼치는 존재가 아닙니다.

그러니 불쌍히 여길 필요가 없습니다. 늙고 병들고 장애가 있어도 우리는 같은 인간입니다. 마지막 순간까지 서로를 평등한 존재로, 같은 생명체로 대하면 됩니다.

우리는 태어나 죽을 때까지 줄곧 하나의 생명으로 살아갑니다. 죽음이 임박했다고 해서 살아온 모든 것이 부정되는 것은 아닙니다. 특별한 대우를 요구할 필요도, 반대로 지나치게 사양할 필요도 없습니다. 사랑하는 사람과 이별하는 시간, 자신의 삶을 마무리하는 시간은 매우 소중하지만, 이 또한 그동안 살아온 인생의 연장선입니다.

'누구와도 차별받지 않는 사회의 일원으로서 소중한 하루를 살고 있다.' 이런 자각이 있다면 오늘 내가 무엇을 해야 할지, 그리고 누구에게 무엇을 해줘야 할지 알 수 있을 것입니다.

남을 위해 살며

쉬어가는 마을을 꿈꿨던

도다 씨

얼마 전 '모쿠지키*'의 전시회를 다녀왔습니다. 곡기를 끊고 나무 열매나 새싹만 먹는 '목식행'을 수행한 '목식 상인 上人'의 조각 전시회였습니다. 제 고향 근처 깊은 산골 출신인 그는 이백 년 전 전국을 여행하며 현재 확인된 것만 해도 칠백 점이 넘는 불상을 조각해 남겼습니다. 그 조각상들은 보는 사람까지 웃게 만드는 환한 미소를 짓고 있습니다.

전시장에서 그 웃는 불상을 본 순간, 앞선 이야기에 등

* 모쿠지키(木喰, 1718~1810)는 에도 시대 후기의 불교 행자이자 불상 조각가

장한 메밀국숫집 주인장 도다 씨의 얼굴이 떠올랐습니다.

도다 씨는 '봉사하는 사람'이었습니다. 곤란에 처한 이들의 상담자였고, 산악인 출신답게 체력도 좋았습니다. 이웃이 생계 문제로 고민하면 조언해 주었고, 낡은 집을 정리하고 싶다는 사람이 있으면 번거로운 절차를 도맡아 해결해 주기도 했습니다.

상대가 너무 애를 쓰면 부탁한 쪽은 외려 미안한 마음이 들기 마련입니다. 또 세상에는 강요된 봉사도 존재합니다. 하지만 그는 늘 사심이 없었습니다. 이해득실이나 감정을 따지기 전에 자연스럽게 몸을 움직였기에, 사람들노 편안한 마음으로 그를 찾았던 모양입니다.

그렇게 늘 남을 돕던 그가 병에 걸리고 말았습니다. 발견했을 때는 이미 폐암이 상당히 진행된 상태였습니다. 최신 치료를 다 받아 보았지만 불과 6개월 만에 세상을 떠나고 말았습니다. 이 책에 등장하는 평온한 임종의 사례들과 비교하면 조금 안타까운 이야기일지도 모릅니다.

도다 씨는 암으로 동생을 잃었습니다. 마지막까지 극심한 고통 속에서 생을 마감했다고 합니다. 그렇게 응어리진 마음으로 지내던 중 알게 된 호스피스는 그에게 매우 의미 있는 일로 다가왔습니다. 그의 가게 손님 중에 제 지인이 있어 알음알음으로 교류가 시작되었습니다.

그는 재활용 건축 자재를 사용해 '호스피스 실험동'을 짓고 있었습니다. 인적 드문 산속, 공기가 매우 맑은 곳에 자리한 미술관 같은 건물입니다. 실제로는 의료진이 바로 출입할 수 있는 곳이 아니면 호스피스 케어를 할 수 없지만 뜻을 함께하는 동료로서 교류를 이어갔습니다.

저와 그는 '잠시 쉬어가는 마을'을 만들자는 목표를 공유하고 있었습니다. 지금은 일본에도 요양보험이 생겨 마지막을 보내는 장소로 다양한 시설이 생겼지만, 예전에는 제가 영국에서 배운 것과 같은 '생명이 해방되는 장소'가 없었습니다. 호스피스라고 해도 암 센터의 일부나 결핵 요양소 같은 곳으로, 시설이며 분위기며 하나같이 사뭇 경직된 인상이었습니다.

그래서 저는 호스피스를 널리 알리고 싶었습니다. 말기 암 환자뿐만 아니라 일시적으로 몸이 안 좋아진 사람이나 큰 좌절을 겪은 사람 등 다양한 고통을 안은 사람들이 잠시나마 안도할 수 있는 장소가 있었으면 했습니다. 그곳에서 쉬었다가 다시 제자리로 돌아갈 수 있는 마을이 생기기를 바랐습니다. 그도 "좋은 생각이네요"라며 함께 지혜를 모아 계획을 다듬어 왔습니다.

의사가 도다 씨와 그의 아내에게 병세에 관해 충분히 이해할 수 있도록 설명했는지는 알 수 없습니다. 항암제가 효과를 보여 원래의 종양은 사라졌으며, 약간의 전이가 있기는 하지만 2년 정도는 괜찮을 거라는 설명을 들었다고 합니다. 그러나 의사의 말과는 달리 그의 상태는 서서히 악화되어 입원하게 되었습니다.

문병을 갈 때마다 그가 쇠약해지고 있음을 저는 알 수 있었습니다. 어느 날 찾아갔을 때는 곧 혼수상태에 빠지기 직전의 모습이었습니다. 말은 못 했지만 제 목소리를 알아듣고 고개를 끄덕이거나 시선으로 반응할 수 있는 단계였습니다.

갑작스러운 상황에 아무도 마음의 준비가 되어 있지 않았던 것 같습니다. 아내와 자녀도 경황이 없어 마지막 인사를 나눌 분위기가 아니었습니다. 이 상황에서는 제가 나설 수밖에 없겠다고 생각했습니다. 가슴 아픈 일이었지만, 늘 죽음을 지켜봐 온 제가 같은 뜻을 품었던 절친에게 마지막 인사를 건네야 했습니다.

머리맡에 앉아 그의 손을 잡았습니다.

"도다 씨, 이제 떠나시는군요. '잠시 쉬어가는 마을'에 많은 아이디어를 주셔서 감사합니다. 당신이 계실 때 함께 완성하지 못해 못내 아쉽습니다. 하지만 남겨주신 인연과 토대를 소중히 여기며 앞으로도 계속 노력할 테니 지켜봐 주세요."

이는 결국 "안심하고 가세요"라고 말한 것과 다름없었습니다. 그때까지 본인이나 가족은 아직 나을지 모른다고 생각했을지도 모릅니다. 그러나 적어도 그는 이해한 듯했습니다. 마지막으로 "안녕. 고마워요"라고 말하자 고개를 끄덕였습니다.

그때의 대화는 제 기억에 선명하게 남아 있지 않습니다. 나중에 동행했던 간호사에게 들었습니다. 저 역시 간절했던 모양입니다.

폐암 말기에는 때로 고통이 무척 심해지기도 합니다.

이후 통증을 줄이기 위해 약으로 의식을 가라앉히는 완화 치료가 진행되었고 그는 다시 깨어나지 못했습니다. 그는 순식간에 세상을 떠났고, 마지막 순간에는 함께하지 못했습니다. 가족이 제대로 작별 인사를 했는지도 알 수 없습니다.

그는 아직 젊었고, 병상에서 서서히 쇠약해져 죽어가는 기색조차 없었습니다. 마지막으로 그를 만난 건 수요일이었습니다. 그보다 이틀 앞선 월요일, 우리 병원의 간호사가 방문했을 때 그는 호흡이 괴로운 와중에도 본인 성격대로 "튜브가 너무 거치적거려!"라며 몸을 일으키려 했다고 합니다. 불과 며칠 뒤 자신이 혼수상태에 빠질 것이라고는 꿈에도 상상하지 못했을 것입니다.

앞날이 얼마 남지 않았다는 사실은 그에게 전해지지 않았습니다. 생명에 대해 깊이 공부해 온 사람이니 본인의 죽음도 받아들일 수 있었을 텐데 그러지 못한 것이 너무 안타까웠습니다.

입원하기 바로 전날까지도 그는 가게를 지켰습니다. "몸이 말을 안 듣네" "이상하다"라고 말하면서도 손님이 오면 곧 자세를 꼿꼿이 바로잡았습니다. 마지막까지 온 힘을 다했기에 전혀 중환자로 보이지 않았습니다. 그런 그와 이별하자 저 역시 마음이 쉽게 정리되지 않았습니다.

우리 병원에는 세상을 떠난 환자들의 기록이 있습니다. 병명, 첫 진료일, 본인의 선택, 어디서 어떻게 돌아가셨는지를 간단히 적습니다. 그의 진료에 주로 함께했던 간호사가 기록을 남겼습니다.

"도다 씨 이름을 여기 적는 게 너무 슬퍼요."

그녀의 눈에서 눈물이 한 방울 떨어졌습니다.

도다 씨는 호스피스 실험동까지 지은 사람이니 가능했다면 그곳에서 마지막을 보내고 싶었을 것입니다. 그게 어렵다면 메밀국수 가게가 있는 자택에서 돌봄을 받을 수도 있었습니다. 저희가 방문 진료를 가고 방문 간호사도 소개해 드릴 수 있었고, 우리 병원 근처로 옮기는 선택도 있었습니다. 하지만 그는 스스로 의사 결정할 틈도 없이 상태가 급격히 악화되었습니다.

‘봉사하는 사람’이었던 만큼 남겨질 사람에 대해서도 충분히 생각했을 겁니다. 가게를 어떻게 할지, 가족에게 무엇을 남길지, 동료와 친구 그리고 아마 저에게도 전하고 싶은 말이 있었을 겁니다. 그러나 그 수많은 말은 가슴에 묻힌 채 의사 표현조차 할 수 없게 되었습니다. 만약 제가 마지막 인사를 건네지 않았다면 그는 자신이 죽는다는 마음의 준비도 없이 떠났을지도 모릅니다.

요즘 ‘연명치료 거부living will’가 종종 언급됩니다. 치료 가능성이 없어졌을 때 어떤 처치를 원하는지 사전에 밝혀 두는 제도입니다. 마음의 준비라는 의미에서는 좋은 일이지만 현실적으로 큰 도움이 되지는 않을지도 모릅니다.

환자가 원하면 저는 사전 연명의료 의향서를 작성하게 합니다. 그러나 이상과 현실은 다릅니다. 건강할 때와 갑자기 병들어 움직일 수 없게 되었을 때는 감각도, 사고방식도 크게 달라지기 때문입니다.

그렇다면 마지막에 후회하지 않으려면 어떻게 해야 할까요. 결국 오늘 해야 할 일을 오늘 해두는 수밖에 없습니다. 삶의 중요하고 어려운 과제는 누구에게나 주어집니다. 해야 할 일은 누구에게나 많아서, 그것을 모두 끝내기는 어렵습니다. 그렇다면 전부를 미루기보다 하나라도 좋으니 오늘 해두는 것입니다. 그런 생각으로 살아갈 수 있으면 좋겠습니다.

'나'의 역할이란

휘파람 불듯 죽음을 맞이하며

대업을 완수한

에이 로쿠스케 씨

저의 큰 스승이었던 에이 로쿠스케 씨와의 이야기입니다. 일본에서는 새삼 소개가 필요 없을 만큼 거장입니다. 작사한 곡으로는 〈위를 보고 걸어가자〉 〈밤하늘의 별을 보라〉 〈아가야, 안녕〉 등 명곡이 셀 수 없이 많고, 저서로는 《대왕생(편안한 죽음)》 시리즈를 비롯해 스테디셀러와 베스트셀러가 여러 권 있습니다. TV나 라디오에도 많이 출연해 큰 인기를 누렸습니다.

그와의 첫 만남은 갑작스러운 대담 자리였습니다. 그는 사찰을 가업으로 이어온 주지 집안에서 태어났기에,* 원래부터 생로병사에 대해 깊은 식견을 가지고 있었습니다.

"인간은 언젠가 죽는다는 것을 어릴 때부터 지겨울 정도로 잘 알고 있었어."

전쟁 중에는 공습으로 불타 죽은 시신이 절에 줄지어 눕혀져 있었고, 장례 전 관에 넣지 않은 시신 곁에서 잠을 잔 적도 있다고 합니다.

그는 호스피스 케어에도 관심이 많았던 터라, 지인을 통해 인연이 닿았습니다. 몇 차례 편지를 주고받다가 직접 뵙기로 했습니다. "이야기가 잘 되면 책으로 내도 될까요?" 하고 부탁드리고 편집자를 데리고 갔습니다.

당시 그의 나이는 예순 전후였습니다. 기운이 넘치고 풍채가 좋아 두려운 것이 없는 사람처럼 보였습니다. 편집자는 조심스러워했고 저도 조금 긴장했지만, 오늘이 첫 만남이라고는 생각할 수 없을 만큼 대화는 무르익었습니다. 그 대화 내용은 실제로 출간되었습니다.**

* 일본에서는 사찰이 세습되는 경우가 많아, 주지의 자리를 가족이 대대로 이어받는 일이 흔하다.

** 《당신과 이야기가 하고 싶어서: 나이토 이즈미 대담집あなたと話がしたくって: 内藤いづみ対談集》, 오피스엠, 2001.

그는 일본인들이 죽음과 자신의 앞날에 대해 생각하지 않는다고 말했습니다. 그래서 전국을 돌며 사람들과 생명에 대해 이야기하는 것을 소명이라 여기고 저 같은 의료인과의 교류도 넓혀갔습니다.

그때부터 함께 전국을 여행하며 삶에 관해 이야기하고, 지방에서 일을 마치고 돌아오는 길에 제 강연회에 참석해주는 등 교류가 이어졌습니다.

"그러면 네가 교통비를 안 내도 되잖아."

그는 엄격하지만 다정한 분이셨습니다.

그의 활동은 어쩌면 본인의 죽음을 준비하는 과정이기도 했던 것 같습니다. 실제로 돌아가시기까지 약 20년 동안 매우 큰 고통과 괴로움을 겪었습니다.

애처가로 알려진 그에게 아내를 먼저 떠나보낸 일은 무엇보다 큰 슬픔이었을 것입니다. 아내에게 말기 위암이 발견되어 3개월 시한부 판정을 받았을 때 그는 아내에게 물었습니다.

"마지막 시간을 어디에서 보내고 싶어?"

“집에 있고 싶어. 내가 제일 좋아하는 이 소파에서 하루 하루 보내고 싶어.”

그의 아버지는 병원에서 돌아가셨기에, 그 마지막을 안타깝게 여겼던 그는 어머니만큼은 집에서 임종을 지키기로 결심했습니다. 그것은 어머니의 바람이기도 했습니다. 손수 수의를 짓고 가족 모두에게 편지도 써 두신 뒤, 어머니는 소원대로 집에서 눈을 감으셨습니다. 마지막에는 아들의 품 안에서 돌아가셨다고 합니다. 그리고 그 모습을 아내도 지켜보고 있었습니다.

“나도 저렇게 죽고 싶어.”

두 딸도 어머니의 바람을 지지했습니다. 그는 아버지로서 의연하게 대처하겠다고 결심하고, 아내의 마지막을 집에서 간병하기로 했습니다.

그가 아내와의 마지막 시간을 이야기해 준 적이 있습니다.

“딸들은 간병 담당, 나는 웃음 담당이었어. 아내가 매일 웃겨 달라고 했거든. 그런데 매일 새로운 이야기를 만들

긴 힘들어서 정말 재미있는 이야기는 두 번 해도 되냐고
물었지!”

“어떤 이야기였어요?”

“구로야나기 데쓰코 씨* 얘기야. 회전 초밥집에 같이 갔
는데, 옆자리에 앉은 아저씨가 그녀 앞에 빈 접시를 잔뜩
쌓아둔 거야. 그러자 그녀가 ‘예쁜 접시네! 여기, 접시 줄
게’라며 그 빈 접시를 우리에게 나눠주기 시작했어. 아저
씨가 ‘그거 제 거예요’라고 하니, 그녀는 ‘가게 거죠’라고
대꾸하자 아저씨가 다시 ‘가게 거지만 제 거예요’라고 하
지 뭐야.”

“재미있네요! 부인도 웃으셨죠?”

“배꼽 잡고 웃었어. 그래서 몇 번이고 같은 이야기를 하
는데도 그때마다 웃으니까, 그게 슬퍼서 나는 울었어.”

그는 아내를 끝까지 집에서 돌봤습니다. “묘지는 어둡고
축축해서 싫어. 책장에 북엔드처럼 둘 거야”라며 유골함
도 집에 그대로 두었습니다. 정말 그답다고 생각했습니다.

생전에 그는 여행지에서 아내에게 엽서를 보내는 습관

* 　일본 여배우

이 있었는데, 아내가 세상을 떠난 뒤에도 일기 대신 아내에게 쓴 엽서를 계속 우체통에 넣었습니다. 집으로 배달된 엽서는 1,500통이 넘었습니다.

로쿠스케 씨 본인도 모진 병마와 부상에 시달려야 했습니다. 파킨슨병, 척추 골절, 전립선암까지 앓았습니다. 파킨슨병이 악화되었을 때는 발음이 흐려졌지만 그래도 강연 무대에 계속 섰습니다. 제가 통역하듯 거들어야 할 때도 있었지만 마지막엔 언제나 깔끔하게 마무리했습니다. 정말 대단한 분이었습니다.

만년에는 휠체어에 의지했습니다. 그토록 일본 전역을 누비며 활발하게 메시지를 전하던 사람이 마음대로 이동하지도, 말도 제대로 못 하게 되었으니 참 안타까운 일이었습니다. 그러나 이토록 혹독한 시련을 겪으며 그는 더욱 위대해진 것 같았습니다. 누구보다 일을 많이 하고 총명하고 인망도 높아서 비교 대상이 없을 정도였습니다. 원래도 자원봉사에 열심이었지만, 피할 수 없는 고통과 슬픔을 겪으며 약자를 더 이해하고 고통받는 이들에게 다가갈 수 있게 되었습니다.

자신의 불행에 대해 불평이나 원망 없이 담담하게 자신의 삶을 마주했습니다. 죽음이 무엇인지, 무엇을 준비해야 하는지 늘 생각했습니다. 막상 상황이 닥쳐서야 생각한 것이 아니었습니다.

“죽음에 관한 이야기는 건강할 때 휘파람 불며 해야 해.”

그 말이 유독 인상 깊었습니다.

병세가 악화되었다는 소식을 듣고 ‘지금 가지 않으면 만날 수 없겠구나’라는 예감이 들었습니다. 하지만 그는 워낙 사생활을 중시하는 분이어서 집으로 찾아가는 것 자체가 매우 주제넘게 느껴졌습니다.

용기를 내어 처음 문턱을 넘었을 때, 마치 그의 머릿속에 들어온 것 같다고 느꼈습니다. 복도 벽은 전면 붙박이 책장이어서 마치 도서관 같았습니다. 그가 누워 있던 곳은 아마 아내를 간병하던 방이었을 것입니다. 유골함은 정말 그의 말대로 책장 안에 있었습니다.

제가 온 것을 느끼셨는지는 모르겠지만 침대맡에서 많

은 말씀을 건넸습니다. 다음에는 살아서 만나지 못할 것 같아 작별 인사도 올렸습니다.

"감사했습니다. 선생님을 알게 되어 행복했습니다. 매번 같은 일로 혼나던 부족한 저를 여러모로 가르쳐 주셔서 정말 감사합니다."

그가 건강했을 때 하신 말씀이 떠올랐습니다.

"나는 무엇을 남기고 죽을 수 있을까? 죽는 과정을 남기는 것은 곧 살아가는 모습을 남기는 것과 같다고 생각해. 방송 출연은 많이 했지만, 이제 아이들과 손주들에게 내가 죽는 모습을 보여주는 일이 남아 있어. 그것이 분명 내 마지막 큰일이 될 거야."

그와 공동강연회를 기획하며 1부는 음악, 2부는 그의 특별 강연으로 구성한 적이 있습니다. 기획안을 말씀드렸더니 호된 꾸지람을 들었습니다.

"너는 음악회를 하고 싶은 거냐, 내 강연회를 하고 싶은 거냐?"

“물론 선생님의 강연회입니다.”

“이 프로그램은 어중간하게 길어. 음악가에게도 실례야. 내가 다시 기획하고 사회도 볼 테니 음악회로 바꾸자.”

그는 최고의 공연 전문가였습니다. 자신이 돋보이고자 하는 것이 아니라 어디까지나 들으러 와 주시는 관객을 생각했습니다. 당일에는 피아노 위치가 이상하다며 무대 감독까지 맡았습니다.

그때부터 그를 모실 때는 오프닝을 따로 두지 않았습니다. 그의 이야기만, 혹은 저와 그의 대담으로만 진행했습니다. 몇 년이 지나 천 명의 관객 앞에서 강연했을 때 그는 이렇게 말했습니다.

“정말 많이 늘었네.”

최고 권위자의 인정을 받은 느낌이었습니다. 감히 그에게 근접했다고 말할 수는 없지만, 지도해 주신 덕분에 저도 관객을 즐겁게 하는 강연을 조금은 할 수 있게 된 것 같습니다. 슬픈 이야기일수록 유머를 담아 밝게, 누구나 이해할 수 있는 쉬운 말로 말입니다.

만년에 말하는 것조차 힘들어졌을 때, 일을 그만두고

커튼 뒤로 사라지는 선택을 할 수도 있었습니다. 하지만 그는 마지막 순간까지 자신의 모습을 굳이 드러냈습니다. 팬들을 위해 라디오 출연을 계속했고, 입원 중에는 병실에서 녹음한 적도 있다고 합니다. 그런 행보를 두고 사람들의 의견은 엇갈렸습니다. 하지만 마지막까지 자신을 드러내는 그의 태도에서 인생관을 엿볼 수 있었습니다. 말과 행동, 삶의 방식과 죽음의 태도를 통해 '살아간다는 것'이 무엇인지, 생명이 무엇인지를 몸소 표현한 것입니다.

그는 늘 단정해서, 머리카락이 흐트러진 모습조차 본 적이 없습니다. '날씬한 다리의 세련된 여자'라는 관용구가 있는데, 그는 그 말의 남자 버전 같은 사람이었습니다. 멋을 아는 에도 토박이, 말 그대로 어깨로 바람을 가르며 걷는 사람이었습니다. 병이 깊어져 침대에 누워 있어도 모습은 변하지 않았습니다.

에이 로쿠스케는 마지막까지 철두철미하게 에이 로쿠스케로 살았습니다. 스스로 정한 인생 마지막 대업을 훌륭하게 해냈고 누구에게도 부끄럽지 않은 삶을 끝까지 관철했습니다.

내일의 꽃을 심으며
빛나는 꽃밭으로 떠난
고이치 씨

"집에 있고 싶어요. 병원은 싫습니다. 제 아내는 암으로 병원에서 세상을 떠났지만 계속 괴롭다, 아프다며 울었어요. 곁에서 지켜보는 저도 참 힘들었습니다."

"계속 집에 계셔도 괜찮으시겠어요?"

"그렇게 하고 싶어요. 병원은 싫어요."

고이치 씨는 여든 살로, 아내를 잃고 딸네 가족과 함께 살고 있었습니다. 병원을 싫어해 몸이 안 좋아져도 계속 숨기고 있었습니다. 음식이 잘 넘어가지 않게 되어 급히 병원에 모셔갔더니 이미 말기 식도암이었습니다. 그렇게 돌봄이 시작되었습니다.

암 검사와 향후 치료 방침을 검토하기 위해 일단 입원시켰습니다. 병원에 찾아가 보니 딸과 손녀가 불안한 표정으로 말했습니다.

"할아버지, 머리가 이상해지신 것 같아요."

고령 환자는 일시적으로 치매 증상을 보이기도 합니다. 무슨 일이 있었냐고 묻자 그가 한 이야기를 전해주었습니다.

"깨끗한 공기를 마시고 싶어 링거 거치대를 밀며 비틀비틀 산책하고 있었어. 그런데 예전에 신세를 졌던 사람이 문병을 오고 있는 게 멀리서 보였어. 나는 볼품없이 야위어 버렸고, 미안하지만 만나고 싶지 않아 엘리베이터 안에 숨어버렸지.

무심코 옥상 버튼을 눌러 올라갔더니, 거기는 반짝반짝 빛나는 다른 세계였어. 노란 꽃이 가득 피어서 '안녕하세요' '이리 오세요'라고 하늘거리며 말을 걸어오는 거야. 모든 것이 빛에 휩싸여 있어서 형언할 수 없을 만큼 아름다웠고 행복한 기분이 들었어. 꽃밭에 들어가 볼까 하다가 아까 본 지인이 마음에 걸려 병실로 돌아왔지. 그런데 이미 어디에도 없었어. 그 후 여러 번 가보려 했지만 결국 그 꽃밭에 다시는 갈 수 없었어.”

“그럼 지인분은 만나셨나요?”라고 가족에게 묻자 고개를 저었습니다.

“그런데 선생님, 그분은 석 달 전에 돌아가셨어요. 할아버지가 낙담하실까 봐 말씀드리지 않았어요.”

이런 현상은 ‘임사 체험’이 아니라 ‘임사 의식’이라고 불리며, 사망하기 한 달에서 여섯 달 전쯤 나타난다고 적힌 책도 있습니다. “그런 일도 있을 수 있죠. 너무 걱정하지 않으셔도 됩니다”라고 말했지만 가족들은 여전히 어리둥절한 표정이었습니다.

검사에서도 효과적인 치료법을 찾지 못하고 퇴원했습니다. 집으로 돌아온 그에게 물었습니다.

“지금 가장 하고 싶은 게 뭔가요?”

“정원 일을 하고 싶어요.”

그의 눈이 반짝였습니다. 그는 식물을 좋아했고, 늘 화단을 정성껏 가꾸는 것이 그의 역할이기도 했습니다.

"하루에 하나라도 좋아. 구근*을 심고 싶어."

당시는 기침을 심하게 하면 토혈할 정도로 병세가 진행된 상태였습니다. 병원에 있었다면 침대에 꼼짝없이 누워 있어야 할 상황이었습니다. 가족들도 할 수 있겠냐며 반신반의했지만, 저는 "컨디션도 좋고 날씨도 좋은 날 한 번 해봅시다"라고 답했습니다. 무언가를 하고 싶다는 마음은 마지막 시간을 충만하게 보내는 데 무엇보다도 중요합니다.

혹한의 계절, 방한복을 입은 그는 가족의 도움을 받으면서도 스스로 걸어 나가 구근을 하나둘 심었습니다. 마치 내일을 향한 희망의 증거처럼.

방문 진료를 갈 때마다 그가 기쁜 소식을 전했습니다.

"오늘은 다섯 개 심었어요."

"오늘은 열 개 심었어요."

"봄이 되면 예쁜 튤립이 피겠죠."

---

* 지하에 있는 식물체의 일부인 뿌리나 줄기 또는 잎 따위가 달걀 모양으로 비대하여 양분을 저장한 것. 대표적인 구근식물로는 튤립, 달리아, 백합, 글라디올러스 등이 있음.

"손주랑 증손주가 꽃 보러 올 거예요."

그러나 그 말에는 조용한 메시지도 담겨 있었습니다.

"하지만 꽃이 필 무렵엔 아마 나는 없겠죠."

"그래도 괜찮아요. 꽃을 보고 기뻐할 손주와 증손주의 얼굴을 지금 떠올릴 수 있으니까요."

그에게 구근은 미래로 이어지는 가교였을지도 모르겠습니다.

점점 체력이 떨어진 그는 더 이상 구근을 심지 못하게 되었고, 몸져누운 지 2주 후쯤 조용히 세상을 떠났습니다. 유해를 옮기던 중 베개 밑에서 일기장이 발견되었습니다. 신문 광고지를 스테이플러로 묶어 뒷면에 굵은 마커로 매일 써 내려간 것이었습니다. 가족들에게도 보여 드렸습니다.

"할아버지 모시느라 힘드셨죠. 하지만 이런 멋진 글을 남기셨어요."

돌아가시기 사흘 전에 쓰신 문장이었습니다. 마지막 페이지를 읽고 저는 감탄했습니다.

"오늘도 좋은 날이다. 내일도 긍정적으로 나아가자."

얼마나 멋진 인생이었을까요.

4월이 오고 그가 심은 수많은 구근이 화려하게 피어났습니다. 아이들의 웃음소리가 들리는 듯했습니다. 그가 병원 옥상에서 헤매던 그곳은, 어쩌면 이 정원이었는지도 모릅니다.

고이치 씨가 마지막 일기를 쓴 것은 돌아가시기 사흘 전이었습니다. 하지만 그는 '죽기 사흘 전'을 살고 있지 않았습니다. 이전의 삶과 다를 바 없는 '오늘'을 살고 있었습니다. 몸 상태가 나빠졌다가 나아지기를 반복했지만 그날그날을 충실하게 살아간 것입니다.

조심스러운 말이지만, 죽음을 앞둔 사람도 이렇게 살아갈 수 있다면 건강한 우리 역시 하루하루를 그만큼 충실하게 살아가야 한다고 생각합니다.

일로 지칠 때도 있고 인간관계에 피곤해질 때도 있

습니다. 그래도 하루의 끝에, "오늘은 ○○월 ○○일, 좋은 날이었다. 내일도 긍정적으로 나아가자"라고 말할 수 있다면, 그날은 그 자체로 만점입니다.

일본에는 '종활終活'이라는 말이 있습니다. 종활은 인생을 잘 마무리하기 위하여 '죽음을 준비하는 활동'이라는 뜻이지만, 저는 이 표현이 조금 불편하게 느껴집니다. 마치 목표가 '죽음'이고 그곳을 향해 살아가는 듯한 뉘앙스가 있기 때문입니다. '지금'을 산다는 느낌이 들지 않습니다.

조금 다른 형태로 받아들일 수는 없을까 생각해 봅니다. 저는 임종 돌봄을 하고 있지만 중요한 것은 '지금' 살아 있는 생명을 지탱하는 일입니다. 무언가를 끝내거나 정리하는 것이 아닙니다.

우리의 목표는 죽는 것이 아니라 지금 살아가는 것입니다. 마지막 날을 위해 오늘 무엇을 할지 고민하는 것이 아니라 오늘을 잘 살면 내일을 더 깊이 살 수 있습니다. 그런 준비를 할 수 있으면 좋겠습니다.

해야 할 일을 미루면 새로운 일을 시작하기 어렵습

니다. 저는 물건을 쌓아두는 버릇이 있어 남편이 이따금 "옷을 다 버리면 어때?"라고 말하곤 합니다. "그러면 또 옷을 살 수 있잖아"라면서 말입니다. 엉뚱하게 들리지만 인생의 본질을 꿰뚫는 말입니다.

종활 역시 죽기 위한 준비가 아니라, 새로운 시간과 공간을 만들기 위한 과정이라 생각한다면 훨씬 긍정적인 일이 됩니다. 그 결과 내일은 더 충실해질 것입니다. 그렇게 쌓인 하루하루를 훗날 돌아본다면 주저 없이 "좋은 인생이었다"라고 말할 수 있지 않을까요?

생명을 다시 실감하다

얼마 전 백화점 지하에서 아이스크림을 사려고 줄을 섰습니다. 순서를 기다리며 지켜보니 아이들은 점원에게 "고맙습니다"라고 말하지만 어른들은 아무 말도 하지 않습니다. "맛있겠다" "먹고 싶었어?" 같은 당연히 있을 법한 대화도 없습니다. 마치 로봇이 주고 로봇이 받는 것 같았습니다. 아니, 로봇이라면 더 상냥하게 말하도록 프로그래밍되었을 것입니다.

지하철에 타면 젊은이들은 대개 이어폰을 끼고 있습니다. 어떤 음악을 듣는지 궁금해 학생들에게 "죽을 때 어떤 곡을 듣고 싶나요?"라는 과제를 낸 적이 있습니다. 그러나 모르겠다는 사람이 많았습니다. 좋아서 듣는다기보다 타인과의 관계를 끊기 위해 이어폰이 필요한 것일지도 모릅니다.

현대 사회에서는 사람과의 아무런 교류가 없는 듯 살 수 있습니다. 편의점에서 음식을 사고 TV로 지루함도 달랠 수 있습니다. 돈만 어느 정도 있으면 큰 불편 없이 살 수 있습니다.

"나는 아무도 사랑하지 않고 누구에게도 사랑받지 못한다. 부모는 나를 괴롭히고 형제들도 나를 무시한다. 친구도 없다. 앞으로도 고독하게 살아갈 것이다"라고 말하는 사람도 있습니다. 하지만 그렇게 말하는 이들이 앙상하게 말라 죽어가는 것은 아닙니다. 편의점 도시락도 벼농사를 짓는 사람, 요리해 주는 사람이 있기에 먹을 수 있습니다. 우리는 늘 누군가의 도움으로 살아갑니다.

많은 사람이 자신이나 가족의 죽음을 상상조차 할 수 없다고 합니다. 그것은 '생명의 실감'이 없기 때문입니다. 생명의 실감은 다른 생명과의 관계 속에서만 생깁니다. 주변의 생명에 관심을 가져보면 어떨까요. 만지면 따뜻하고 아픔도 느껴집니다.

처음부터 타인을 대하기 어렵다면 반려동물이나 식물부터 시작해도 좋습니다. 돌보면 꽃이 피고 그것을 보고 아름답다고 느낍니다. 반대로 내버려두면 생명은 사라집니다.

같은 시선으로 타인을 바라볼 때 비로소 눈앞에 있는 사람이 나와 교감하며 기뻐하고 슬퍼한다는 것을 알게 될 것입니다. 바로 거기 생명이 존재합니다.

모두 축복받으며 태어났습니다

어느 임신부에게 제 임종 돌봄 기록을 보여주었더니 "출산과 비슷하다"라고 말했습니다. 죽어가는 사람의 손을 잡고, "수고했어요" "고마워요"라고 말하는 모습이, 출산 때 산모의 배를 쓰다듬으며 "힘내요"라고 격려하는 모습과 닮았다는 것입니다. 저 역시 그렇게 생각해 강연에서 출산 사진을 보여주곤 합니다.

이 책에서는 과거의 풍경처럼 자신의 집에서 세상을 떠난 사람들의 이야기를 많이 다루었지만, 돌이켜보면 출산 또한 집에서 하던 시절이 있었습니다. 산부인과 병원에 가지 않아도 마을마다 노련한 산파가 있어 아이를 받아주곤 했습니다

그런데 강의 중에 대학생들에게 산파를 아는지 물어보

니 아무도 모르고 있었습니다. 임종을 모르는 세대는 탄생의 순간도 모르는 것입니다.

태어나 처음 하는 목욕을 일본에서는 '우부유産湯'라고 합니다. 대야에 물을 받아 놓고 깨끗이 씻겨 몸을 따뜻하게 하는 효과도 있습니다. 또한 고인을 관에 모시기 전 온수로 몸을 씻기는 '유칸湯灌'이라는 의식도 있습니다.

하지만 죽기 전에 하는 목욕도 괜찮습니다. 어느 할머니는 돌아가시기 이틀 전 목욕을 하셨는데, 욕조에 몸을 담근 순간 "여기가 천국이네"라고 좋아하셨습니다. 그렇게 마지막 목욕을 통해 평온한 마음을 얻으신 할머니는 이틀 후, 편안한 모습으로 임종을 맞이하셨습니다.

탄생은 산도를 통해 이 세상에 나오는 것이고, 죽음은 어딘가의 터널을 지나 다른 세계로 간다는 이미지가 있습니다. 그때의 고통은 진통과 비슷할지도 모릅니다.

탄생과 죽음은 서로 방향이 다르지만 어딘가 닮은 것 같습니다. 탄생도 죽음도 하나의 생명이 반드시 통과하는 길입니다. 그런데 우리는 탄생은 축복하면서 죽음은 모르는 체합니다.

미국 원주민의 가르침에 이런 뜻의 말이 있습니다.

"태어날 때 아기는 울고 사람들은 웃는다. 죽을 때는 보내는 이들이 울고 떠나는 이는 웃는다. 그런 인생이면 좋다."

태어나는 것은 불안했을지 모르나 모두에게 환영받으며 태어납니다. 떠날 때는 모두가 울며 아쉬워하는 가운데, 본인은 웃으며 떠날 수 있다면 두려운 것은 없습니다. 죽어가는 이가 미소 짓는 것은, 행복한 삶을 살았다는 만족감과 함께, 앞으로 만날 세상이 환희로 가득 차 있음을 본능적으로 깨닫기 때문이라 믿습니다.

〈피터 팬〉이라는 작품에서 주인공 피터가 숙적인 후크 선장과의 결투로 상처를 입고 죽음을 앞둔 장면이 있습니다. 그때 피터는 "죽는다는 것은 굉장한 모험이야!"라며 기뻐합니다. 저 또한 마지막 문을 열었을 때 어떤 세계가 기다리고 있을지 기대감을 느낄 때가 있습니다.

인생의 의미가 무엇이냐고 흔히들 묻습니다. 그 답은 각자 다르고 정답은 없겠지만, 저는 젊은이들에게 이렇게 말합니다.

　“우리는 축복과 희망 속에서 빛나는 모습으로 태어난 존재야. 지금은 곤경에 처해 있을 수도 있고, 가까운 이들에게 원망이 있거나 불만과 후회로 가득할지도 몰라. 하지만 네가 태어날 때, 엄마와 너는 간절히 만나고 싶어 했어. 네가 세상에 얼굴을 내밀었을 때 수많은 손이 ‘이 세상에 잘 왔어’라며 너를 받아주었지. 모두 축복받으며 태어난 거야. 그걸 믿어야 해.”

　책을 쓰는 동안 많은 분들이 도와주셨습니다.

　에피소드에 등장하는 환자와 가족, 항상 저를 도와주시는 동료 의료진, 함께 ‘생명’을 공부하는 동료들 덕분에 제가 ‘생명’과 관련된 활동을 계속할 수 있었습니다.

　제 신념을 이해하고 모국인 영국식 유머와 인내로 계속 지지해 주는 남편과 변함없이 응원해 주는 세 아이에게 이 자리를 빌려 깊이 감사드립니다. 쑥스러워하지 말고 직접 말로도 전해야겠습니다.

　그야말로 산파처럼 책을 탄생시켜 주시고 인연을 이어 주신 구보키 유야 편집장께도 감사의 마음을 보냅니다.

그리고 독자 여러분. 마지막 장까지 함께해주셔서 깊이 감사드립니다. 이 책은 후회하지 않기 위한 책이지만, 후회 없는 마무리는 어려운 일입니다. 인생에는 후회가 따르기 마련입니다. 이런저런 일들로 마음이 꺾이고 짓눌려 지금도 후회로 가득한 분도 계실 것입니다. 누군가의 임종을 지키는 일도 마찬가지입니다.

그러나 그저 후회만 하다가 끝내지 않을 수는 있습니다. 무엇을 잘못했고 미루고 있던 일은 없는지, 후회를 망각하지 않고 인생의 과제로 계속 풀다 보면 반드시 인생에도 보탬이 될 것입니다.

그렇게 얻은 교훈은 분명 누군가에게는 구원이 되기도 합니다. 후회라는 숙제를 푸는 일은 앞으로 만날 미래를 꽃피우기 위해 씨를 뿌리는 행위입니다. 그렇게 믿습니다.

마지막으로, 처음에 던졌던 질문을 다시 한번 떠올려보세요. 여러분은 어떤 답을 그리실까요. 여러분이 죽음을 조금이나마 긍정적으로 바라보고 자신의 소중한 '생명'을 재조명하는 계기가 되셨다면 그보다 기쁜 일은 없을 것입니다.

자신이 죽어갈 때를 상상해 보세요.

어디에 있나요?

곁에는 누가 있나요?

자신이 죽어갈 때를 상상해 보세요.

곁에는 누가 있나요?

호스피스에 대해 어렴풋이 알고는 있었지만, 내가 떠올리던 모습은 집이 아니라 병원에서 이루어지는 의료 행위였다. 그것은 치료라기보다는 죽음을 앞둔 환자의 고통을 의학적 처치로 완화하는 일이라는 정도의 이해였다.

고희영 감독이 촬영한 나이토 선생님의 다큐멘터리 〈어쩌면 일어날지도 몰라 기적〉 영상을 번역하게 되면서 처음으로 선생님의 존재를 알게 되었다. 그리고 그런 돌봄이 집에서도 가능하다는 사실도 알게 되었다. 물론 이는 환자의 각오와 가족의 헌신, 그리고 이를 뒷받침하는 의료 제도가 함께 갖춰져야 가능한 일이었다.

당시에는 한국에서 아직 낯선 사례였기에, 집에서 돌봄을 받는 선택도 가능한 일본의 현실이 부럽게 느껴졌다.

그러나 그로부터 몇 년 사이에 한국에서도 관련 제도가 갖춰졌고, 이 책이 출간되는 지금은 〈의료·요양 등 지역 돌봄의 통합 지원에 관한 법률〉이 시행되며 자신이 살던 곳에서 삶을 마무리할 수 있는 기반이 마련되고 있다.

고령화 사회에서 임종의 장소로 집을 선택하지 않더라도, 언젠가는 받아줄 병원이 없는 상황이 올 수도 있다. 의료 공백을 경험한 우리로서는 이러한 현실을 외면하기 어렵다. 그렇기에 돌봄 체계를 더욱 촘촘하게 만들어 갈 필요가 있다.

'죽음'이라는 개념이 아직 막연하던 시절, 다큐멘터리 영상을 번역하면서 나는 가까운 이의 죽음과 나의 죽음을 처음으로 진지하게 떠올리게 되었다. 그 경험은 마치 삶의 면역력을 길러주는 백신과도 같았다.

이 책은 나이토 선생님이 직접 돌보았던 환자들의 이야기를 조용히 들려주는 기록이다.

말기 암 환자의 가족과 병원을 설득해 환자를 집으로 돌려보내는 과정, 마지막 생일을 병원에서 맞는 환자와 와인을 들고 건배하는 장면, 술을 좋아하는 환자를 위해 독한 술을 구해 건네는 모습, 그리고 환자가 먹고 싶다는 튀김을 먹게 해 주겠다며 '튀김 원정대'를 주도하는 일까지. 제도와 규칙의 틀 안에서도 사람을 먼저 생각하는 유연함이 놀랍도록 재치 있다.

꼭 집에서 죽고 싶지는 않더라도, 쇠약해진 몸으로 대부분의 시간을 병원에서 보내다가 생을 마감하고 싶은 사람은 거의 없을 것이다. 그럴 때 이런 '비현실적인 의사'가 곁에 있다면 얼마나 든든할까.

인간은 죽음을 사유하며 삶을 더 농밀하게 만들 수 있다고 말하며 항암치료를 받지 않고 암 투병 끝에 세상을 떠난 이어령 교수는 '누군가는 저렇게도 죽을 수 있구나 하는 모습을 남은 시간 동안 보여주려 한다'라고 했다. 이 책에서 '죽음에 관한 이야기는 휘파람 불며 해야 한다'고 말하며 죽어가는 모습을 숨기지 않으려고 했던 에이로쿠스케 씨의 모습도 떠오른다.

죽음을 생각하는 것은 죽음을 재촉하거나 그 생각에만 매몰되는 것이 아니다. 그것은 에리히 프롬이 《우리는 여전히 삶을 사랑하는가》에서 말한대로 '불멸의 착각'에서 벗어나, 해야 할 사소한 일들을 미루지 않고 방만하지 않게 살아가는 일일 것이다.

죽음을 겪은 이들이 이미 우리 곁에 남아 있을 수 없기에, 우리는 죽음에 가까워진 이들과 그 곁을 오래 지켜본 이들의 이야기에 귀를 기울일 수밖에 없다.

이제 막 새로운 제도를 시작하는 우리 사회에, 이 길을 먼저 걸어온 선구자의 경험은 소중한 안내가 될 것이다. 이 책이 막연한 두려움을 넘어 존엄한 내일을 준비하는 데 도움이 되는 따뜻한 길잡이가 되기를 바란다.

옮긴이 위지영

MBC, KBS, SBS 등 방송사에서 26년간 다큐멘터리 전문 번역가로 활동해 왔다. MBC 다큐멘터리 〈어쩌면 일어날지도 몰라 기적〉을 통해 재택 호스피스 의사 나이토 이즈미의 삶을 가까이에서 지켜보았으며, 그 인연으로 이 책을 우리말로 옮기게 되었다.
주요 번역 작품으로 KBS 〈부드러운 혁명〉 2부작, KBS 생로병사의 비밀 〈아름다운 마무리, 웰다잉〉, KBS 세계는 지금 〈아름다운 인생 마무리, 슈카쓰終活〉, KBS 추적60분 〈존엄사 논란, 어느 아버지의 선택〉 등이 있다.

나는 나답게
죽기로 했습니다

1판 1쇄 발행   2026년 4월 27일

글   나이토 이즈미
옮긴이   위지영
발행인   신혜경
발행처   마음의숲

편집이사   권대웅
편집   조혜민
디자인   장소희
마케팅   오세미

출판등록   2006년 8월 1일 (제2006-000159호)
주소   서울특별시 마포구 외우산로30길36 마음의숲빌딩
                (창전동 6-32)
전화   (02) 322-3164~5 팩스 (02) 322-3166
이메일   maumsup@naver.com
인스타그램   @maumsup
용지   월드페이퍼(주)
인쇄·제본   (주)교보피앤비

ISBN   979-11-6285-187-6 (03830)